SANTA BARBARA

GILLES DURIEUX

Santa Barbara

ROMAN

GENERIQUE

PRINCIPAUX PERSONNAGES

Famille CAPWELL

Channing Senior, le père
Mason, le fils aîné (sa mère, Pamela, fut la première épouse de Channing Senior)

Kelly Channing Junior Ted	les trois enfants de Channing Senior et de Sophia, partie

Famille PERKINS

John, le père
Marisa, la mère
Joe
Jade

Famille ANDRADE

Ruben, le père
Rosa, la mère
Santana
Dany

Famille LOCKRIDGE

Minx, la grand-mère
Lionel, le père
Augusta, la mère
Warren
Laken

Peter Flint, fiancé de Kelly, professeur de physique

Cruz Castillo, ami d'enfance de Joe

CHAPITRE 1

CHEZ Hardy's, le ventilateur ronronne doucement. Impeccable entre sa caisse et le téléphone, un stylo à bille inutile à la main, Mrs. Hampton baigne son visage dans le remous provoqué par le petit appareil en prenant bien soin qu'aucun de ses cheveux n'échappe à la lourde contrainte d'un brushing remodelé dix fois par jour. Une distance scrupuleusement observée et un coup d'œil de temps en temps dans la grande glace qui lui fait face permettent à Mrs. Hampton de se rassurer sur sa chevelure toujours cossue, son âge encore décoratif et, d'une manière plus générale, sur l'agrément d'être la gérante d'une boutique Hardy's, très chic et très chère, au bord de la plus belle avenue de Santa Barbara.

Aux détours de cintres encombrés de bermudas et de tuniques pas mieux disposés que chez un fripier des Puces, mais dont la nouvelle coupe et les coloris régleront pour la saison et jusqu'à Los Angeles les problèmes d'élégance pour les apéritifs décontractés de fins d'après-midi, pas moins de trois vendeuses rêvassent. Il y a quelque temps déjà qu'elles ont échangé l'habituel regard d'agacement suscité par le démarrage du ventilateur de Mrs. Hampton. Depuis, hors le bourdonnement moelleux venu de la caisse, le silence de la boutique n'a guère été violé : un couple de Mexicains auquel Mrs. Hampton dépêcha Rosita, mais qui n'achetèrent rien, un groom du Continental Hôtel pour enlever une commande, deux sonneries de téléphone.

Même portes claquemurées, la climatisation luttait difficilement contre l'effroyable chaleur de cet après-midi. Découragées par la moiteur qui semblait vouloir s'insinuer à travers les vitres mêmes du magasin, Sandy et Woodie avaient fini par laisser le champ libre au ventilateur après avoir tenté mollement de débattre sur un Travolta diffusé la veille par la télévision.

Figée à sa table, entre deux coups d'œil à son miroir, Mrs. Hampton surveillait le palmier qui faisait l'angle de Carrillo Street. L'arbre semblait pétrifié. Même ses feuilles les plus hautes étaient figées. Mrs. Hampton soupira. Il faudra attendre encore une heure ou deux pour que la brise marine consente à remonter State Street. A moins qu'un orage, très improbable, ne surgisse de derrière les collines de la haute ville. En attendant, les clientes ne quitteront pas d'un pouce l'ombre de leurs jardins ou la sieste, nez enfoui dans le sable de la plage.

La circulation elle-même, dans State Street, était empâtée, au bord de la coagulation. Les rares piétons étaient à l'évidence des travailleurs, soumis à de mystérieux trajets pour lesquels les arcades de l'avenue ne constituaient qu'un passage pratique, pas le refuge souhaité pour une longue flânerie et quelques emplettes plus ou moins utiles.

Pourtant, au-delà du palmier en état de pâmoison, Mrs. Hampton parvint à repérer un signe de vie. Une ombrelle rouge s'agitait avec véhémence parmi un groupe de trois ou quatre personnes, juste devant le snack de Billy Paul. La patronne de Hardy's n'eut même pas le plaisir d'avoir à déchiffrer une devinette. L'ombrelle rouge, ce curieux appendice, ne pouvait qu'appartenir à Augusta Lockridge, la pire de ses clientes. Une telle avant-garde de la haute ville dans la fournaise de State Street devait se justifier par quelque remue-ménage important. Mrs. Hampton, sur-le-champ, décida de s'en assurer et convoqua Woodie à la caisse.

La chaleur était encore plus étouffante qu'elle ne l'avait imaginé derrière son ventilateur. Mrs. Hampton tira soigneusement derrière elle la porte du magasin et fit semblant d'inspecter la vitrine. Le piège fonctionna comme prévu. L'ombrelle rouge ne tarda pas à se détacher du groupe, traversa l'avenue et se précipita à sa rencontre.

– Grands dieux, Pamela, quelle chaleur ! Et avec ça, Joe Perkins qui revient à Santa Barbara !

Mrs. Hampton eut un haut-le-cœur. Elle n'aimait pas qu'on l'appelle par son prénom, qu'elle détestait. En plus, le nom de Joe Perkins ne lui disait rien du tout. Tandis qu'elle repassait courageusement dans sa mémoire tout le bottin de la jet society de la haute ville, Augusta Lockridge fit virevolter son ombrelle, la ferma d'une main vengeresse et la pointa sur la vitrine :

– Mais vous ne m'aviez pas dit, Pamela, que vous receliez ces trésors de ceintures. Montrez-moi cela bien vite.

Pamela Hampton venait à peine de remettre Augusta Lockridge à Sandy qui ne s'en tirera qu'après avoir ouvert une vingtaine d'étuis et présenté une dizaine de robes – pour rien, bien entendu – qu'elle se souvint de l'affaire Joe Perkins. Le redémarrage du ventilateur accéléra ses souvenirs en même temps qu'il formait une sorte d'écran protecteur tout à fait opportun entre les gesticulations d'Augusta et elle-même. Ce qui ne l'empêchait pas non plus d'adresser régulièrement à sa cliente ses plus encourageants sourires commerciaux. Car la renommée de Hardy's auprès des quartiers de la haute ville passait aussi, et peut-être d'abord, par Augusta Lockridge qui, elle, s'en tirera, comme d'habitude, avec un échantillon du dernier parfum de Van Cleef et Arpels.

L'affaire Joe Perkins, en réalité, était plutôt « l'affaire Capwell », du nom de la plus vieille famille de Santa Barbara, incrustée depuis des générations dans les collines de la haute ville, possédant peu ou prou ce qu'il y avait de plus juteux dans le pays et l'arrière-pays : forages pétrolifères en mer, une chaîne d'hôtels s'étendant dans presque toute la Californie du Sud, des vignobles, quelques entreprises plus lointaines et même une banque à Santa Barbara. Le clan est dirigé par un homme un peu mythique qu'il n'est pas facile de croiser dans la downtown, Channing Capwell. Seuls un passage du gouverneur de l'Etat à Santa Barbara, les fêtes traditionnelles ou quelque réception à la mairie peuvent espérer voir descendre majestueusement des collines la Rolls, modèle classique et inchangée depuis au moins une paire de dizaine d'années, des Capwell. Mrs. Hampton, en revanche, se rappelait bien mieux le physique de Sophia Capwell, la seconde épouse du maître des collines, une petite femme vive qui savait, elle, mettre la main sur ce qu'il y avait de mieux dans son magasin. Et partait avec. Pas comme cette Augusta...

Grande lectrice des pages locales du L.A. Magazine, Mrs. Hampton se souvenait également du prénom de la première femme de Channing Capwell, puisqu'il était le sien : Pamela. Mais elle n'avait pas connu Pamela Channing, qui avait cédé la place à Sophia et n'avait, semble-t-il, jamais reparu, laissant même à l'ex-mari et à la nouvelle épousée un garçon déjà fait, Mason Capwell, en passe aujourd'hui de devenir une autorité locale. Sophia aussi était partie. Certains disaient qu'elle avait refait sa vie au Canada, ou en Alaska. A la suite de quoi? Mystère...

Channing Capwell était donc seul, et apparemment inconsolable, régnant à la tête d'une tribu de quatre grands enfants. Qui auraient dû être cinq. Ce qui ramène directement à « l'affaire Joe Perkins » et à l'agitation d'Augusta Lockridge.

C'était arrivé – personne ne pouvait plus désormais en oublier la date – le jour de l'Independence Day. La célébration de la naissance des Etats-Unis était, à Santa Barbara, d'autant plus un prétexte à des festivités importantes qu'elle marquait aussi le départ de la haute saison touristique. Bien des habitants à Los Angeles profitent de ce jour férié national pour pousser jusqu'à Santa Barbara et occuper, pour la première fois de l'année, massivement ses plages. Mais ce jour-là – il y a quatre ou cinq ans, calcula mentalement Pamela Hampton –, le héros de la fête fut bien plus un jeune homme à l'élégance radieuse que ce vieux George Washington.

Channing Capwell Junior n'avait même pas vingt ans. Son sourire, pourtant, et ses deux fossettes presque féminines que la succession de ses printemps n'avait pas encore réussi à faire disparaître étaient connus des jeunes filles de l'Amérique entière. Accaparant les pages mondaines ou sportives des plus grands quotidiens du pays, ses photographies, comme ses exploits, voire ses amours inspiraient nombre de chroniqueurs et entraient dans les préoccupations majeures des rédacteurs en chef et des directeurs des ventes. Ce jour-là, donc – il y a quatre ans? Plutôt cinq, décida Mrs. Hampton –, après le défilé militaire devant la tribune où Capwell et ses cinq enfants se tenaient non loin du maire, après la cérémonie à la grande mission et le pique-nique paysan géant où l'on consommait quantité de filets d'alabalone, ces coquillages de plus en plus rares du Pacifique, avait été organisée cette fameuse partie de polo que la presse spécialisée internationale avait annoncée comme un test au sommet. Le petit monde assez restreint de ce sport équestre peu populaire s'ouvrait même, à cette occasion, à quelques écrans de télévisions, nationales et étrangères. On avait fait venir de Pologne ou de Hongrie – Pamela ne savait plus très bien – l'équipe qui était alors considérée comme la meilleure du monde et l'on avait réuni les meilleurs cavaliers américains qui furent placés sous le capitanat provisoire du beau Channing Jr, récent vainqueur d'un concours particulièrement difficile de sauts d'obstacles à Rome. Le match, amical, fut néanmoins mené avec un spectaculaire souci de professionnalisme par les deux équipes et les Américains ne s'inclinèrent qu'après avoir longuement résisté. Malgré la défaite, prévisible mais très honorable, la popularité du jeune Capwell s'était encore renforcée. Délaissant les vainqueurs venus d'un pays bien trop petit et bien trop lointain, les caméras de télévision entourèrent promptement le jeune prodige dont – mirage! – l'éloquent ramage valait bien le plumage. Ce fut sa dernière grande interview. Le lendemain, la population de Santa Barbara apprenait, médusée, son étrange assassinat.

La suite faisait partie de ces feuilletons judiciaires qui apaisent les esprits sans pour autant convaincre absolument les esprits les plus curieux. On eut tôt fait d'arrêter un certain Joe Perkins et de savoir que c'était Kelly Capwell, la propre sœur du jeune cavalier émérite, qui avait découvert le cadavre dans la bibliothèque de son père en même temps qu'elle surprenait Joe Perkins, un revolver à la main. On sut un peu plus tard, au moment du procès, que l'assassin présumé était aussi le fiancé officieux de Kelly. Et on admira d'autant plus son courage quand il lui fallut venir témoigner à la barre dans un déchirement quasi cornélien. Joe Perkins fut condamné et la mémoire collective de Santa Barbara, du même coup, tranquillisée. Quelques chroniqueurs tentèrent timidement d'apprécier l'objectivité du drame, ses mobiles notamment, la personnalité de l'accusé et ses dénégations face au témoignage accablant de la jeune fille. En vain, et sans doute trop tard. La ville entière avait déjà repris sa respiration.

« Ainsi, songea Mrs. Hampton, voici donc le fiancé de retour. Quatre ans de prison, même cinq, c'est pas beaucoup pour un assassin, mais c'est trop pour un innocent. » Puis, arrêtant son ventilateur :

– Sandy, n'oubliez pas de remettre à Mme Lockridge un flacon de Pame.

Et, à l'adresse directe de sa cliente encombrante qui faisait depuis quelque temps mine de vouloir partir :

– Vous verrez, chère Augusta, c'est la dernière création de Van Cleef et Arpels. Une merveille... Au fait, ce Joe Perkins, cela fait combien de temps qu'on l'a mis en prison? Quatre ou cinq ans?

– Cinq, Pamela.

– Cela ne fait pas si longtemps...

– Non, pas longtemps du tout.

Et Augusta s'éclipsa.

CHAPITRE 2

L'ORAGE avait dû passer au loin. A Santa Barbara, la vie avait repris son cours normal. Les grands arbres de la propriété des Capwell bruissaient de nouveau. Mason passa lentement l'imposante grille du parc qui se referma doucement derrière lui et engagea sa voiture dans le premier garage qu'il trouva libre. Il n'avait pas l'intention de ressortir ce soir. La journée avait été éprouvante et sa sœur se fiançait officiellement demain. Sa famille aurait sans doute besoin de lui.

Mason maugréa tout seul en tentant de grimper quatre à quatre les marches roses du perron d'honneur. L'entrée prochaine de Peter dans la famille et le retour de Joe Perkins constituaient un double événement qui ne lui disait rien qui vaille. Il traversa à grandes enjambées la vaste salle de réception, apercevant à peine Rosa et Philip qui déplaçaient des sièges, et fila vers le bureau de son père.

Le lourd rideau d'arbres ne laissait plus guère passer de lumière à cette heure-ci, et quand il entra après avoir poliment frappé il s'étonna que son père n'ait pas au moins allumé sa lampe de table. Il ne faisait rien que l'attendre, semblait-il, ombre massive à demi engloutie par l'obscurité qui envahissait la pièce :

– Mason, tu sais ce qui arrive?

– Joe Perkins revient, papa.

– Un beau cadeau de fiançailles pour ta sœur Kelly, pour nous tous... Je croyais qu'il était enfermé pour longtemps.

Mason ne pouvait pas expliquer à son père qu'il était au courant depuis plusieurs jours de la libération sur parole de Joe, qu'il avait vainement bataillé avec le juge qui lui avait accordé ce sursis. Channing Senior n'aurait pas compris : un Capwell doit toujours gagner :

– Il a été libéré sur parole, papa. Cela arrive pour les prisonniers à la conduite exemplaire.

– Et c'est arrivé, mon grand. Il sort de prison, et c'est comme si c'était hier. Chaque jour, quand je rentre dans ce bureau, je pense à ton frère avec fierté et tristesse. Aujourd'hui, j'ai honte. On n'aurait pas dû relâcher son assassin si vite, si tôt. On n'aurait pas dû laisser faire ça... Mason, il ne faut surtout pas que la fête de Kelly en soit gâchée. Elle a droit, plus que toute autre, au bonheur.

– Tu l'as mise au courant, papa?

– Elle ne sait rien encore, mon fils. Heureusement qu'elle a quelqu'un d'autre dans sa vie.

Brusquement, Channing Capwell se redressa sur son siège, redevint le chef incontesté de l'entreprise Capwell :

– Si jamais Perkins revient par ici, si jamais il recommence son numéro avec Kelly...

– D'accord, papa.

– J'ai perdu un fils à cause de cette petite ordure. Il ne me fera pas perdre ma fille.

De nouveau, l'ombre engloutit son visage et sa voix se voila :

– Par moments, j'ai du mal à admettre qu'il n'est plus là. Channing, mon fils, disparu, fauché. Il avait déjà atteint les sommets. Il était la gloire de tout un pays. Dire qu'un homme peut tout avoir et pourtant perdre ce qui lui est le plus cher...

A l'évidence, son père ne le voyait plus, ne regardait que Channing, puissant fantôme qui venait de le chasser de la pièce. Sa vieille jalousie se réveilla, durement. Mason s'ébroua, mit la main sur le commutateur et inonda la pièce de lumière :

– Papa, on est tous là, avec toi. Ted, Eden, Kelly, moi.

Loin de là, dans un autre monde fait de mauvais carrelages et de murs douteux, un homme jeune au regard gris d'amertume et de fatigue écoute.

– Joe, que ce soit clair. La libération sur parole, c'est la liberté accrochée à un fil. Ça casse, et tu retombes. Et la liberté, c'est lourd. T'es jeune, pas bête, l'Amérique est grande. Tu peux refaire ta vie demain. Mais pas à Santa Barbara. Encore moins avec Kelly Capwell. Ils ne te laisseront pas faire.

– Je sais, Warden. Mais il ne s'agit pas de Kelly. Il faut que je sache qui a tué son frère, que je trouve celui qui aurait dû passer ces cinq années en prison à ma place.

– Tu ne comprends donc pas. Une simple contravention peut suffire. Quelqu'un qui n'aime pas la façon dont tu te coiffes, et tu reviens ici. Pour Dieu sait combien d'années.

– D'accord, Warden. Je m'en souviendrai. Au revoir.

Le gardien-chef soupira, regarda Joe quelques instants longer les hauts murs de la forteresse et repassa la porte blindée. Il l'aimait bien, Joe Perkins. Il espérait le regretter très longtemps. Mais il n'y croyait guère.

Traversant la route, Joe entreprit de rejoindre le bloc de bâtisses qui était en fait l'aménagement minimum pour recevoir les familles et amis des taulards venus en visite. Au fond d'un vaste parking, une station-service bricoleuse de pneus crevés à l'occasion, un snack et un motel pas cher, plus deux ou trois autres maisons non identifiables qui avaient l'air à moitié abandonnées. Peut-être un ancien trafic de lupanars pour les permissionnaires de la vieille forteresse, pensa Joe, ou des maisons de paysans ayant préféré gagner la ville.

C'est là que s'arrêtait le bus pour le centre ville où Joe trouverait bien un système de Greyhounds pour rejoindre Santa Barbara.

Tout d'un coup, le jeune homme se sentit très vide, au bord du vertige. Le gardien-chef lui avait dit que la liberté était lourde à porter : tout son poids pesait sur lui. Il ne s'était pas attendu à cela. La liberté recouvrée vécue au fond d'un cachot paraissait légère comme un papillon. Mais le papillon avait les ailes étrangement lourdes. Il lui fallait réapprendre à voler.

Prendre le car pour Santa Barbara. Même prendre ce bus vers lequel il se dirigeait lui semblait une mission presque impossible. La vie en prison n'est qu'une suite d'itinéraires prévus et répétés, d'assistance absolue, de repas tout cuits, de destins tout tracés. Les vieux chevaux de retour, les plus redoutables gangsters étaient complètement infantilisés, manœuvrés du matin au soir, même la nuit. Dorénavant Joe devra, seul, décider s'il va ou non traverser la route, monter dans le bus, payer, s'asseoir là où il veut. Les gestes les plus simples étaient, en fait, effroyablement compliqués.

Il se laissa tomber sur un banc scellé au bord de la route, un curieux banc, parfaitement inutile dans le semi-désert qui entourait la prison. Puis il se releva, presque immédiatement, mû par un ridicule réflexe de culpabilité : avait-il le droit de rester là, sans avoir demandé la permission à personne? Décidément, sa seconde vie commençait bien!...

Pour chasser son profond malaise, le jeune homme décida de penser fort à Kelly. Mais là encore, rien ne fonctionnait. Lui qui avait passé cinq années à consigner, presque chaque jour, toutes ses pensées sur des cahiers qu'il destinait, sans se l'avouer vraiment, à la jeune fille, ne parvenait même plus à évoquer son visage, sa silhouette.

C'est un autre visage qui vint le sauver. Un visage très doux, des yeux qui comprennent tout : le visage de sa mère. Il n'avait pas voulu la prévenir du jour de sa sortie. Elle serait venue vers lui avec son immuable tendresse, comme hier, comme si Channing n'était pas mort, comme si Kelly ne l'avait pas trahi, comme si la prison même n'avait pas existé. Or, la prison était bien là, avec ses murailles de granit, et elle resterait longtemps dans ses tripes, indigeste. Comment aurait-il pu l'accueillir alors qu'il chancelait comme un somnambule au bord de son dégoût?

Le trajet se fit sans que personne ne soupçonnât l'horrible tempête qui soulevait le cœur du jeune homme. Arrivé en ville, Joe se hâta vers le bureau des informations routières. Tandis qu'il décryptait les horaires pour Santa Barbara, Santa Monica et Los Angeles, une bourrade le projeta sur sa gauche où une main le saisit au bras et le tira vers d'autres panneaux. Deux hommes l'encadraient, deux rougeauds, l'air aviné :

– Tu vois, p'tit gars, tu f'rais mieux d' regarder ceux-là. T'as le choix, même. San Francisco, Whaktown, en changeant t'as tout le Nevada, le Texas, tu peux même aller jusqu'à New York. T'es libre. Mais Santa Barbara, c'est pas pour toi.

Joe sentit d'abord monter en lui une irrépressible envie de se battre, de libérer ses muscles confinés depuis tant d'années. Puis il se souvint de la mise en garde de Warden, et il se calma tout aussitôt. Il se tourna vers l'homme qui n'avait pas parlé :

– OK, vous avez raison. Je crois que je vais aller à

New York, histoire de ne plus voir de sales gueules comme les vôtres.

Et il se dirigea calmement vers le guichet aux billets.

Ainsi donc, Warden avait raison. Ils n'avaient pas tardé à engager des hommes de main pour l'empêcher d'aller tirer son affaire au clair dans la calme, trop calme Santa Barbara. Joe réfléchissait, bien calé dans l'un des fauteuils souples et confortables du Greyhound qui allait le transporter vers le Sud et dont le moteur ronronnait déjà. Il avait pris bien soin d'embarquer presque au dernier moment, laissant ses poursuivants perplexes après une ronde à trois entre les nombreux cars de la gare routière. Que pouvaient-ils faire maintenant que l'énorme bus était aux trois quarts rempli de passagers et que le chauffeur, à son poste, s'apprêtait à commander la fermeture des portes?

Il réfléchissait sans trouver. Envoyer de tels rustauds sur sa piste n'était pas dans le style Capwell père. Il le connaissait bien, et l'estimait d'une certaine manière : entier et très orgueilleux, mais trop puissant pour n'être pas, aussi, malin. Il n'allait pas se salir les mains avec de tels procédés. Il l'avait fait enfermer légalement et sans doute le referait avec plaisir. Il était convaincu qu'il était le meurtrier de son fils, mais cette conviction, en même temps, l'arrangeait bien. Le fils de l'un de ses employés n'avait pas à tourner autour de sa fille favorite. C'était, au fond, un assassin idéal. Une nouvelle enquête pourrait peut-être passer trop près du clan qu'il défendrait jusqu'à la dernière extrémité. Non, Channing Capwell Senior cherchera à le coincer autrement. Plus sûrement.

Qui donc alors avait pu envoyer ces deux imbéciles? Mason, peut-être, cet hypocrite pas très intelligent? N'importe qui, en fait, n'ayant pas intérêt à laisser revenir le faux assassin sur les lieux du crime. En cinq ans, Joe avait eu le temps d'échafauder toutes les hypothèses, jusqu'aux plus saugrenues, de tenter toutes les suppositions. En réalité, il n'avait plus l'ombre d'une idée : il en avait eu trop. Tout ce qu'il savait, c'est que l'horizon de Santa Barbara n'était pas amical. Il ferma les yeux.

Quand il les rouvrit, le car quittait déjà les faubourgs et s'engageait sur cette large avenue sans arbres ni maisons qu'était l'autoroute. Aucune trace de ses anges gardiens laissés à quai. Les passagers étaient silencieux. Quelques-uns sommeillaient déjà. Joe fut le premier à s'apercevoir du manège d'une limousine blanche qui avait rattrapé le Greyhound. Le chauffeur fut le second.

La voiture, après avoir longé le car, se plaça devant, freina et obligea le chauffeur à en faire autant. Puis les deux véhicules s'immobilisèrent. De la limousine sortit un homme. Joe sourit : c'était l'un de ses rougeauds. Le chauffeur, furieux, avait ouvert la porte et s'était levé. C'était un colosse. Et, en outre, il arborait ostensiblement un revolver qui, dans sa grosse paluche droite, paraissait un joujou. Le dialogue fut bref :

– Chauffeur, c'est une urgence. Je dois aller à Santa Barbara. J'ai raté le départ du car.

– Mon pote, je ne prends pas les vagabonds au bord de la route.

– J'ai mon billet.

– J'ai mon revolver.

– C'est une urgence, je te dis.

– L'urgence, c'est que tu demandes à ton copain de dégager son tas de tôle. Sinon, j'ai quarante-cinq témoins pour la légitime défense.

Encadré massivement dans la porte, l'obstacle était infranchissable. L'homme battit en retraite.

« Un vrai Far West, ce pays », grogna le chauffeur en se réinstallant au volant. Nul n'en sut plus sur ses pensées les plus profondes, et le Greyhound repartit. En croisant la limousine blanche qui avait fait demi-tour, Joe fit un petit signe de la main à ses deux occupants.

A Santa Barbara, un groupe avait pris possession des marches roses de la villa Capwell. Des couples entraient et sortaient, happés ou rejetés par le brouhaha, entrecoupé de tintements de verres ou de voluptueux flots de musique, qui hantait la maison. L'après-midi était superbe mais le soleil quittait les larges portes-fenêtres ouvertes de la salle de réception pour inonder l'escalier d'honneur et tout le jardin. Pamela Hampton aurait été ravie : l'essentiel de ses dernières collections était rassemblé sous les joyeuses taches de couleur de grands portraits champêtres dus à quelques maîtres de l'impressionnisme français qui égayaient le salon. Des copies, bien entendu. Mais les toiles authentiques appartenaient aussi aux Capwell, soigneusement retranchées à l'abri des indélicats. Deux hommes sortirent de la béance sonore. C'étaient Channing et son fils :

– Mason, ne laisse entrer personne, et chasse la presse de ma propriété.

– Bien, papa.

– Dis-leur qu'on va appeler la police. Tu travailles chez le procureur, tu sais certainement ce qu'il faut dire. Je ne veux voir ici que les invités de Kelly.

Tandis que Mason s'éloignait, une jeune femme brune sortit de l'ombrage d'un séquoia et vint à la rencontre du maître des lieux.

– Santana, mon petit, tu as l'air bouleversé.

– Je n'arrive pas à y croire, monsieur Capwell. Dites-moi que ce n'est pas vrai. Il me semble que c'était hier.

– C'est vrai, Santana. Il est arrivé au car de midi.

Capwell ne reconnaissait pas la jeune femme, d'habitude si dynamique, capable même d'être gaie derrière un masque à la sombre beauté mexicaine, d'une gravité dont on n'arrivait pas à déterminer si elle venait du fond d'une vieille civilisation ou si c'était le halo terriblement adulte des premiers et des plus durs combats d'une vie très jeune. Santana, depuis la mort de Channing, était entrée dans le monde du travail comme un athlète pénètre sur le stade : concentrée, tendue et libérant son énergie avec le seul souci d'être la meilleure. Elle y avait gagné d'avoir la réputation d'être, aujourd'hui, la décoratrice la plus recherchée de Santa Barbara. De même que Hardy's était le passage obligé de ces dames des collines, elles s'arrachaient la jeune femme pour refaire un salon qui n'en avait nul besoin, ou créer une nursery pour les hypothétiques descendants de leurs propres enfants. Capwell avait appris à estimer Santana, à gommer ce rien de condescendance avec lequel, autrefois, il jugeait la jolie fille de Rosa, cette femme à la fois si proche et si éloignée de lui, la gouvernante sans partage de cette vaste demeure depuis que Pamela puis Sophia étaient parties. Il tenta de calmer Santana :

– J'ai déjà mes avocats qui discutent avec la commission sur parole.

– Mais c'est un assassin! Je le hais.

– Comme je te comprends, Santana.

– Je n'ai jamais oublié Channing, monsieur Capwell. Je l'aimais tellement...

– Oui, je sais, Mais il ne reviendra jamais plus. Il est mort, mon petit. Je veux que tu saches que je ferai tout ce qui est en mon pouvoir pour renvoyer ce monstre en prison. Tu as ma parole d'honneur.

– Il a tué Channing. Il n'a pas le droit de vivre.

– Oui, Santana, nous l'aimions tous les deux

beaucoup, Channing. Mais il faut aussi penser à Kelly aujourd'hui.

Justement, Philip, le majordome, était à deux pas d'eux, sans qu'ils s'en aperçoivent, discret mais apparemment bien décidé à ne pas laisser s'éterniser ce tête-à-tête. Il profita de ce qui lui avait paru être une retombée de leur conversation :

– Excusez-moi, monsieur Capwell, tout le monde vous réclame. Vous devez danser avec votre fille.

Capwell hésita, regarda Santana.

– Je vous rejoins, monsieur Capwell. Ça ira.

A l'intérieur de la maison, une foule jeune et à la décontraction raffinée était en perpétuel état d'organisation, comme des atomes captifs mais ne cessant de bondir et de rebondir autour du même noyau central.

Ils étaient superbes tous les deux. Lui, en costume de lin blanc s'ouvrant sur une chemise gris mauve, aurait pu paraître un tantinet vulgaire si l'œil n'avait pas surtout été attiré par la souplesse féline d'un corps exceptionnellement élégant. Et puis son visage irradiait, au-delà de traits un peu lourds. Kelly était la grâce même. Sa lourde chevelure d'or fragilisait encore mieux un visage d'une finesse rare chez les filles du Sud. Un simple chemisier paille immaculait sa silhouette qu'une longue jupe orange clair, coupée à l'indienne, embrasait tout autant.

Mais on était surtout venu pour lui. Peter Flint n'était pas encore très connu à Santa Barbara. On savait qu'il fréquentait les Capwell depuis longtemps, les enfants surtout, mais sa fonction assez obscure d'enseignant dans un collège local l'avait maintenu jusqu'à présent dans la pénombre de la plus chaude actualité de la ville. Ses fiançailles avec Kelly Capwell étaient donc un véritable événement qui le projetait d'un coup sur le devant de la grande scène des riches. Il faudrait désormais compter avec lui et la « petite » fête de Kelly était la première véritable occasion d'importance pour commencer à le ranger quelque part dans le ciel toujours étoilé de ceux qui possèdent le pouvoir et la fortune.

Le noyau central, qui renvoyait les lumières de la fête comme les grosses boules en verroterie des bals populaires, se mit à parler :

– Kelly, mon amour, viens. Il jouent notre chanson. Viens danser.

– Bien sûr... Oh! je vais prendre mes pieds dans ma robe.

– Sais-tu que tu es la fille la plus superbe qui soit au monde?

– Oh! C'est vrai?

Le badinage n'était pas que pour la galerie. Peter Flint regardait avec un réel plaisir Kelly Capwell, et la jeune fille riait. Elle riait aussi à son père qui se dirigeait vers le couple :

– Tiens, papa. Tu veux danser?

– Je suppose que je peux vous prêter votre fille pendant quelques minutes, hasarda Peter, voulant être aimable.

L'aîné des Capwell sourit à son futur gendre :

– Merci, Peter. Je ne sais pas si j'en aurai encore beaucoup l'occasion.

Le nouveau couple entra avec agilité dans la masse des autres danseurs. Ils dansaient bien tous les deux.

– J'aime bien danser avec toi, dit Kelly dans un élan de sincérité qui éclaircit encore plus son visage levé vers son habile cavalier.

Elle était grande, mais son père avait une prestance que la maturité n'avait pas entamée. Il fut ému par la déclaration de sa fille mais s'en tint à une réponse strictement paternelle :

– Probablement parce que c'est moi qui t'ai donné

tes premières leçons. On voit que tu n'as pas oublié tous ces dîners dansants au Yacht Club.

– Je m'en souviens bien, papa, tu sais. Eden et moi nous nous disputions pour danser avec toi.

– Et je crois que tu gagnais presque à chaque fois.

– Comme j'ai gagné encore aujourd'hui. N'est-ce pas, papa?

Ils passèrent près de Peter. Capwell arrêta la danse et recouvrit de ses bras les épaules des deux jeunes gens :

– J'ai une surprise pour vous.

Kelly regarda Peter d'un air interrogatif puis, très petite fille, enfouit son visage contre l'épaule paternelle :

– Oh, papa, tu n'arrêtes pas de me faire des surprises ces jours-ci. Je n'en peux plus.

Mais elle ajouta aussitôt, malicieusement :

– Mais j'aime bien.

– Alors, voilà, dit Capwell. Le yacht est déjà parti pour Kelterel Cove. J'ai donc loué un hélicoptère pour vous et je me suis dit aussi que vous aimeriez peut-être prendre votre temps et ne revenir que demain, juste avant la nuit.

– Tu es vraiment formidable, tu sais. N'est-ce pas, Peter? C'est fantastique.

Kelly glissa un regard vers son fiancé. Capwell resserra son étreinte :

– On est en 1984, que diable! Tu es grande, maintenant. Je suis peut-être un peu rétro dans certains domaines, mais pas dans tous. On finit notre danse, Kelly?

Capwell entraîna sa fille loin de Peter, puis lui dit :

– Kelly, j'ai une autre raison de vouloir que tu partes de Santa Barbara avant la fin de la journée.

– Une autre raison? Laquelle, papa?

Ils firent encore quelques pas, puis Capwell se décida :

– Kelly, il s'agit d'une nouvelle importante. Tu dois la savoir maintenant. Voilà : Joe Perkins a été libéré de prison. Il vient d'arriver à Santa Barbara.

Il sentit nettement sa fille se crisper dans ses bras. Elle bredouilla :

– Joe?

– Oui, il a soi-disant été libéré sur parole. Ma parole à moi est qu'il ne restera pas à Santa Barbara. Ce serait vraiment une très grossière erreur de sa part. Ça va, Kelly?

– Rassure-toi, papa. Tout va bien, je te jure. Et merci pour la danse.

Aux portes de la propriété, Mason parlementait avec deux ou trois journalistes entourés de quelques badauds.

– Je ne peux que vous répéter que M. Capwell n'a rien à déclarer. La libération sur parole de Joe Perkins est une décision légale, qui n'est pas à commenter pour le moment. Ce qui n'empêche pas que nous nous réservons le droit de faire analyser cette décision par nos propres services juridiques. Mais, d'ici leurs conclusions, je crains beaucoup que nous n'ayons rien à dire. Merci mademoiselle, merci messieurs. Vous comprendrez aussi que les fiançailles de ma sœur doivent se dérouler dans le calme. Je vous tiendrai personnellement au courant, soyez-en assurés. Aujourd'hui, c'est vraiment trop tôt.

Il allait fermer la porte de la propriété et rejoindre la fête quand Santana surgit derrière lui. Mason la trouvait belle et le lui rappelait en toutes occasions. Cette fois, elle lui parut encore plus désirable. Elle avait dû marcher précipitamment depuis la maison où Mason l'avait aperçue converser avec son père. Peut-être même avait-elle couru. L'effort avait donné encore plus d'éclat à son teint doucement cuivré et ses yeux n'avaient jamais été aussi noirs. Décoiffée, elle tenait contre elle sa capeline blanche, comme un bouquet de fleurs. Son air tendu et déterminé n'impressionna pas le fils aîné des Capwell :

– Tu te sauves déjà, inapprochable beauté? C'est pour un amant ou pour un rôti oublié au four? Si c'est un rôti, je te pardonne... à condition de pouvoir le partager avec toi.

L'inapprochable beauté s'arrêta net, interloquée par tant de délicatesse galante, mais ne répondit pas.

– Tu ne peux vraiment pas rester encore un peu, Santana? insista avec plus de courtoisie Mason. Kelly et Peter n'ont même pas encore découpé le gâteau de fiançailles. Et puis je me réjouissais à l'idée de glisser tendrement avec toi sur le noble parquet de mes aïeux.

La jeune femme se mit à rire nerveusement, bizarrement. Un fou rire qui ne sortait pas. Le substitut du procureur comprit alors que quelque chose n'allait pas. Il chercha quoi, ne trouva pas, hésita, demanda :

– Qu'est-ce qui ne va pas, Santana? Que vas-tu faire?

La jeune femme planta résolument ses yeux dans les siens, comme pour le provoquer.

– Je vais tuer Joe Perkins.

– Quoi?

– Joe Perkins est à Santa Barbara. Il a tué Channing. Moi, j'aimais Channing. Je vais tuer Joe.

– Santana, calme-toi. Tu ne tueras pas Joe. Il y a d'autres moyens. Mon père et moi...

– Toi, tu n'as pas empêché que l'assassin de Channing circule aujourd'hui librement. Tu n'as pas empêché qu'il vienne nous narguer jusqu'ici. Personne ne fait rien. Alors, moi, je vais le tuer.

– Ecoute, je te promets... Et, d'abord, comment vas-tu le tuer?

Avec la main de la capeline, elle fouilla dans son sac et brandit sous le nez de Mason un petit revolver :

– Avec cela.

Furieux, Mason intercepta le joujou que Santana lâcha par surprise. Il le considéra quelques secondes puis le mit dans sa poche :

– Et tu viens chez nous avec une arme. A une fête, en plus. On peut savoir d'où tu le sors?

– Rends-le-moi, Mason.

– Où as-tu pris ce revolver, Santana?

– Tu sais bien que l'on est dans un pays où ce genre de chose se trouve dans tous les tiroirs de commode. Rends-le-moi.

– Certainement pas. Mais je te raccompagne chez toi.

CHAPITRE 3

Marisa Perkins n'avait pas pu rester jeune. Trop de soucis avaient terni son visage et embué son regard. Mais elle avait su rester droite et son port naturel, sous le méchant aiguillon de la vie, s'était encore anobli. Elle regardait intensément Joe dont les yeux, non moins avides que les siens, se posaient sur chaque objet de la pièce, scrutaient les murs, revenaient à la table, s'égaraient de nouveau dans une reconnaissance muette et pourtant si éloquente pour une mère attentive :

– Tu es chez toi, Joe.

Le jeune homme répéta « chez moi... ».

– On a conservé ta chambre comme tu l'avais laissée. Presque.

– Presque?

– J'y ai installé ma machine à coudre. Mais je peux l'enlever.

– Rien ne presse, maman. Tout est exactement comme dans mon souvenir. J'adore cette maison.

– Oh! Joe... Quand tu es parti, tu étais encore un gamin. Tu es un homme, maintenant.

Une voix les interrompit, accompagnée d'une sorte de raclement sur le sol. Le père de Joe venait d'arriver.

– Alors, te voilà!

Il claudiquait légèrement. Il se laissa aller contre le

chambranle de la porte sans faire un pas de plus vers son fils :

– Alors, tu as été libéré.

Ce n'était pas une interrogation. Pas même une exclamation. Cela avait été dit d'une manière neutre, presque indifférente. Mais dans les yeux du père flottait une lueur inamicale qui mit en alerte Marisa Perkins.

La porte de la cuisine fut poussée. Une jeune fille apparut, un sandwich d'une main, un sac de plage de l'autre. Elle n'était ni belle, ni laide, mais ses cheveux étaient soigneusement bouclés et, surtout, nul ne pouvait ignorer la couleur de ses yeux enjoués : ils étaient mauves.

– Tiens, papa, dit-elle, sans y mettre non plus une intonation particulière.

Ce n'était d'ailleurs pas nécessaire. Sa voix chaude, un peu rauque, était un sourire en soi. C'était son second attrait, hors le charme naturel d'un jeune corps sûr de lui.

Ce fut Joe qui répondit par un vrai sourire à sa sœur, parce qu'il était content de l'avoir retrouvée, ému aussi et fier de son nouveau statut de grande lycéenne, lui qui avait quitté une gamine, la remerciant encore d'embaumer la pièce de sa présence. Le jeune homme savait qu'il allait lui falloir refaire la connaissance de Jade, cet être inconnu, cette fillette qui venait de traverser un océan pour devenir femme alors que lui avait cessé d'avancer il y a cinq ans. Mais Jade lui avait sauté au cou en le retrouvant, comme hier, le rassurant ainsi sur le temps qui passe, ou qui ne passe plus.

Le père, lui, n'avait pas quitté son chambranle. Pour lui, la vie, qu'elle passe ou non, était une douleur. Et sa jambe, maintenant à moitié folle, n'en était même pas la cause. Ce n'était qu'une calamité issue d'une longue chaîne, calamité qui s'accrochera sans nul doute à d'autres à venir. Il ne répondit pas à

– On se baigne un peu avant de dîner, ou tu es trop fatiguée?

– Fatiguée, tu me prends pour une poupée en sucre, monsieur Flint?

– Tu vas être ma femme, disait encore Peter, et on aura des tas d'enfants pour célébrer la fête des mères. On va repeupler le monde à nous deux.

– Oui, mais pas plus que je ne pourrai en compter sur mes doigts. D'accord?

– D'accord. Tu as combien de doigts Kelly?

– Assez pour te battre comme plâtre. A l'eau, Peter.

– A Santa Barbara, il y a quelque chose pour moi, disait Joe. Il y a quelqu'un. Je vais à présent passer chaque minute de ma vie à tenter de savoir qui a tué Channing, pourquoi je viens de perdre cinq années de ma vie dans une prison alors que je n'ai tué personne. Il y a quelqu'un par ici, un meurtrier qui se promène librement. Papa, je suis ici pour le retrouver.

CHAPITRE 4

Finalement, le face à face entre Joe et son père avait été terrible. Pour les deux hommes, sans doute. Mais si la souffrance d'un homme jeune peut encore s'exprimer, si elle finira bien par s'évacuer, celle d'un John Perkins était accrochée à son âme comme la pierre autour du cou du désespéré. Et son attitude fut effectivement suicidaire.

A Joe qui lui demandait s'il pensait vraiment qu'il avait tué le fils de Capwell, le père ne répondit pas, laissant faire ce silence comme une calamité de plus qui allait nourrir son masochisme d'homme malheureux. En réalité, il ne connaissait pas la réponse. Et comment l'aurait-il su, lui qui avait définitivement fermé son cœur d'homme faible effrayé par les rumeurs de la ville, longtemps isolé par son hostilité et sauvé – croyait-il – par celui-là même qui aurait pu le radier à vie du monde du travail? Désormais lié au tout-puissant Capwell, il ne pouvait plus se diriger qu'à travers cette soumission. Il lui aurait fallu de l'amour pour connaître la vérité. En avait-il encore pour son fils? Pour Marisa? Pour Jade?

Puis, étonné lui-même par l'éloquence de son propre silence, John Perkins tenta de s'en libérer par le brouillage des mots. Lui qui ne parlait guère, qui ne parlait plus, se lança dans un long monologue d'autojustification grandiloquent et ridicule qui, bien entendu, ne justifia rien :

– Tu veux que je te dise quelque chose? hurla-t-il à l'adresse de Joe qui ne quémandait pourtant qu'une simple réponse à sa simple question. Tu veux que je te dise? Que je t'explique ce que fut notre vie pendant toutes ces années où tu étais en prison? Parlons un peu de l'argent, par exemple. Tous les frais de ton procès ont mangé notre petit magot. On a dû d'abord payer pour les frais de justice, puis les avocats. Ils sont chers, les avocats. Sais-tu comment on a fait pour les payer? Je vais te le dire. On a pris une seconde hypothèque sur cette maison. Parfaitement, Joe. Et on paie aujourd'hui des intérêts à un taux royal. On croule sous les dettes. Regarde cette robe. Ta mère l'a portée sans arrêt depuis que tu es parti. Elle ne peut pas s'en payer une autre. Tes parents sont ruinés et on va payer, payer, payer encore pendant vingt ans. Tu as été libéré? La belle affaire! Nous, on en a pris pour vingt ans et on n'est pas près de sortir du trou.

Marisa, interloquée, essaya de le faire taire, de sauver cette maison qu'une bourrasque emportait. Inutilement. Elle voyait, réellement, leur foyer se disloquer, portes et fenêtres arrachées après le toit envolé, les murs s'écrouler dans un énorme fracas. Le père continuait :

– Joe, tu étais celui qui devait connaître la réussite et la fortune, celui qui devait épouser une riche héritière, celui qui devait conquérir la renommée et réaliser avec brio tous les espoirs qu'on avait mis en toi. Et tu es celui qui nous met dans la misère.

Une porte claqua. Une fois, deux fois : Jade, ramassant précipitamment son sac de plage et bousculant presque ses parents, avait promptement suivi son frère hors de la maison en ruine.

Très calmement, Marisa regarda son mari :

– Joe restera à Santa Barbara. Il fera ce qu'il

voudra. Il est ici chez lui. Toi, tu n'es plus chez toi. Adieu, John. Tu peux partir.

Tout là-haut, dans les collines, passé la sévère grille noire bouclant le ceinturon blanc des hauts murs infranchissables de l'immense propriété des Capwell, l'œil pouvait enfin se divertir au fouillis d'un grand jardin ouvrant sur la bâtisse voisine. Elle était d'un volume non moins considérable, avec cette différence qu'elle faisait tout pour s'en excuser et qu'on l'oublie dans sa silhouette élégante alors que l'autre l'affichait ostensiblement. Il est vrai aussi qu'un siècle au moins séparait les deux projets architecturaux et que la lignée des talentueux bâtisseurs de l'une était déjà éteinte quand l'autre n'était même pas encore sur plan. On l'appelait la « Petite Catalogne », ce qu'aucune plaque d'ailleurs ne rappelait. Mais chacun savait, à Santa Barbara, que c'était la plus vieille maison de la ville et elle n'avait pas plus à justifier son nom que la tour Eiffel.

Evidemment, l'œil géomètre pouvait y déceler quelques distorsions, des écorniflures, le péril d'une aile. Mais l'ensemble résistait farouchement au manque de courtoisie du temps qui passe et à la négligence – ou pire – de ses propriétaires. C'était pire : Augusta Lockridge campait là avec sa mère et sa fille sans avoir le dixième des revenus lui permettant d'élever en même temps une famille et une telle demeure. Car il y avait aussi un garçon. Du moins, il y eut : Warren semblait avoir définitivement quitté la haute ville pour s'installer sur la plage qu'il abandonnait rarement et pour aller Dieu sait où.

Mais les Lockridge – en réalité les Stanton, le seul Lockridge, le père, étant à l'autre bout du monde – étaient comme ces petits comtes de la campagne française, vivant chichement dans de considérables ruines, incapables, sous peine d'en mourir, de quitter le dernier rameau de leur histoire. Ruinée, abandonnée, Augusta n'en était que plus présente, descendant régulièrement State Street avec son ombrelle rouge comme une dame de son rang se doit de visiter ses métayers. Sans comprendre tout à fait que ceux-ci se sont enrichis jusqu'à poser sous son nez leur nouvelle puissance, comme les Capwell.

Ah! elle n'est pas près de leur pardonner, aux Capwell, leur richesse encombrante. Comme sa vieille mère, Minx, a su garder toute sa mémoire de leur puissance passée, Augusta, à sa manière, s'est juré d'en assumer l'héritage. Seuls, les enfants...

Justement, dans le fouillis inextricable d'une végétation à peu près livrée à sa seule vigueur, quelque chose bouge du côté des rosiers grimpants, tout contre la maison. Jeune, le visage fin et rieur sous une tignasse typiquement californienne, grand comme un Scandinave, un adolescent a pris comme cible une fenêtre du premier étage de la digne demeure sur laquelle il fait habilement ricocher des petits cailloux. Une Juliette pas farouche a tôt fait d'y pencher sa propre blonde tignasse et de décocher au perturbateur un sourire sans retenue :

– C'est toi, Ted? Et la plage?

– Sans toi, un désert salé. Je peux monter?

– Arrive.

Négligeant la porte, le Roméo en jeans entreprit d'agripper comme un chat les saillies du mur, une branche du gros catalpa passant par là, un bout du treillage des rosiers et un tuyau non identifiable se perdant dans le lierre mais qui, selon toute logique, aurait dû être une gouttière. Un roulé-boulé dans la chambre de la divine termina son exploit. Laken riait.

– Röslein, Röslein, Röslein rot, Röslein auf der Heiden.

– C'est quoi? fit Ted, essoufflé et dubitatif.

– De l'allemand. Un poème que nous apprenons

en classe en ce moment. C'est l'histoire d'une petite rose sauvage et d'un vilain garçon. Le vilain garçon lui dit : « Petite rose, je vais te cueillir. » Et la rose lui répond : « Petit garçon, je vais te piquer. »

Ted comprit le message du poète en découvrant quelques fines rayures rouges sur son avant-bras, négligées pendant son ascension.

– La prochaine fois, essaie de passer par la porte, lui fit remarquer Laken.

– Et ta mère?

– Evidemment, c'est ma mère ou le rosier. Mais cette fois, la maman de la minette n'est pas là.

– Mais ta grand-mère...

– Minx est là. Mais ni ma maman, ni mon papa, ni mon oncle, ni mon grand frère. C'est fini l'enquête de police?

Ted, affectueux, l'entoura de ses longs bras et lui murmura à l'oreille :

– On devrait planter des roses sans épines. Qu'en penses-tu, Laken chérie?

Hélas! une voix tendue monta des tréfonds de la maison, brisant le cercle magique du Roméo ensanglanté. Le message était clair : on interpellait vivement Laken.

– Rectification, dit l'intéressée : Maman est rentrée. Je ne vois qu'une solution : le lit.

– Le lit?

– Oui, mais pas dessus, grand nigaud. Dessous.

Au rez-de-chaussée, Augusta s'était débarrassée avec soulagement de la veste de son tailleur et fouillait dans son sac à main :

– Laken, ne te dérange pas, ma chérie, je monte te voir.

Minx, recroquevillée dans son fauteuil, grogna :

– Laisse-la un peu tranquille, cette petite.

– Ecoute, maman, c'est ma fille, et je sais ce que j'ai à faire.

– Ta fille, ma fille, c'est aussi ma petite-fille.

On jouait donc Feydeau à tous les étages dans la « Petite Catalogne ».

Car Ted, courageux pour les rosiers, mais pas téméraire pour Augusta, s'était promptement, faute de mieux, résigné à interpréter les amants de vaudeville, Roméo glissant sous le matelas de manière fort peu shakespearienne.

Evidemment, Augusta n'avait rien à dire à sa fille qu'elle ne sache déjà. Leur conversation fut relativement courte mais parut bien longue à Ted. Elle s'acheva dans la lourde vapeur tombant jusqu'au sol du flacon de parfum de chez Hardy's, débouché, humé, revissé. Ted Capwell, doublement estourbi, se promit d'en offrir à Laken quand il sera plus grand. Car c'était un Capwell. Autant dire un Montaigu chez les Capulet. De nouveau Shakespeare reprenait ses droits et Roméo sa mission quand Augusta, enfin, décida d'aller reprendre la conversation avec sa propre mère.

Santana, dérevolvérisée, était néanmoins parvenue, comme d'habitude, à se débarrasser de Mason au dernier moment. Après avoir fureté dans son petit appartement sans trouver le goût d'entreprendre quoi que ce soit, elle décida d'aller faire un tour chez sa mère qui, à cette heure-ci, avait dû terminer son service à la villa des Capwell. Cela ne lui ressemblait pas d'être ainsi désorientée. Son envie de tuer Joe Perkins n'avait été qu'une mascarade destinée à elle-même. Si Mason n'était pas intervenu de manière aussi pesante, le petit revolver aurait bien sagement retrouvé la pile de draps qui le dissimulait en haut de l'armoire. Sans que personne, jamais, n'ait entendu parler de son aller-retour dans le sac à main de la jeune femme.

Peut-être aurait-elle dû rester chez elle à regarder la télévision ou à apprendre à faire du crochet. Mais elle avait besoin de parler à quelqu'un. Aussi forte et courageuse fût-elle, Santana ne pouvait plus faire face, seule, à son secret. Le travail est une drogue qui n'absorbe pas tout. Le succédané d'ivresse trouvé dans ses activités et son indéniable réussite n'avaient été qu'une illusion. Son terrible secret n'avait pas perdu pour autant de son acuité, ni de son actualité. Le retour de Joe, justement, venait d'agir comme un révélateur.

Ces pensées étaient encore confuses dans son esprit quand Santana atteignit, quelques blocs plus loin, le petit pavillon de ses parents. La clarté se fit quelques minutes plus tard. Quand Santana comprit qu'elle était venue chez sa mère pour accoucher. Une seconde fois, pourrait-on dire. Et Rosa était aussi une fine sage-femme.

De la villa des Capwell au pavillon, il y avait une ligne d'autobus, parfois la voiture du maître. Mais Rosa Andrade ne faisait que recommencer ici ce qu'elle venait de terminer là-bas. Ruben, son mari, arriverait. Puis Dany, le petit dernier. L'apparition inopinée de Santana brisait l'orthodoxie. Rosa en fut doublement réjouie, car elle pensait justement à sa fille, non sans une certaine inquiétude :

– Tu restes dîner, Santana?

– Je ne sais pas, maman. La fête s'est bien terminée?

– Très bien. Mason est venu me parler. Qu'est-ce que c'est que cette histoire de revolver?

– Je n'en sais rien.

– Santana!

– Je ne sais pas, maman. J'ai raconté n'importe quoi à Mason.

Santana avait pris un couteau et s'était installée près de sa mère, grattant à son tour quelques carottes. Rosa sourit : c'était la meilleure manière de rendre leur conversation plus sincère, plus intime. Sans regarder sa fille, elle continua doucement à l'interroger, à « l'accoucher », soliloquant comme pour elle-même :

– Je n'y comprends rien, Santana. Je ne comprends pas pourquoi tu te mets dans cet état. Que signifie vraiment pour toi le retour de Joe?

– Je t'en prie, maman.

– Mais enfin, ma chérie, j'ai absolument besoin de savoir ce que tu as. Tu sais que je ferai n'importe quoi pour que tu sois heureuse. Tu le sais?

– Oui, je le sais.

La patience d'une mère est, paraît-il, sans limites. Son obstination aussi. Lentement, mais sûrement, Rosa s'approchait de l'abcès, dédaignant la brièveté monotone et monocorde des réponses de Santana.

– Ce Joe Perkins, tu le connaissais. Mais quel rapport? Parce qu'il a tué Channing? Mais il y a de cela plus de cinq ans. Channing... Parle-moi un peu de Channing. Tu l'aimais bien?

Santana hésita, prit une autre carotte, dit d'une drôle de voix :

– Il était merveilleux.

Dès lors, Rosa savait qu'elle était sur la bonne piste.

– C'est vrai. Tu as grandi avec lui. Vous étiez comme frère et sœur.

La réponse qu'elle redoutait lui parvint dans toute sa brutale limpidité :

– Non, maman.

A son tour, Rosa voulut reculer, nier un peu sottement ce qu'elle commençait à comprendre :

– Tout le monde l'aimait, s'entendit-elle dire.

– Pas comme moi, maman.

Ainsi Santana, sa Santana avait été amoureuse du beau Channing :

– Tu... tu étais amoureuse de lui?

– Et lui de moi. On a tout fait pour que personne ne soit au courant. On savait que ni toi, ni papa, ne nous approuveriez.

– Ma pauvre chérie, cela dut être très dur pour toi. Je comprends maintenant.

– Ce n'est pas tout.

– Ce n'est pas tout?

Santana planta son regard dans celui de sa mère et ce regard d'adulte, ce regard aguerri fondit soudain comme celui d'une fillette malheureuse. Rosa posa son bras autour de la taille de sa fille et l'attira gentiment vers elle. Il fallait qu'elle l'écoute maintenant. Attentivement. Tout venait, irrépressiblement :

– J'étais enceinte de Channing quand on l'a tué. C'est pour cela que je ne pouvais plus, que je ne voulais plus vous voir. J'ai eu le bébé. J'étais fière et heureuse de l'avoir. C'est M. Capwell qui s'est occupé de tout. J'ai accouché dans une clinique où il m'a envoyée. Mais je n'ai jamais vu mon bébé.

– Santana, ma chérie, mon petit, que s'est-il passé?

– Capwell me l'a pris. J'étais très jeune, très influençable encore. Je ne savais pas trop quoi faire de cet enfant et Capwell en a profité. J'ai conclu avec lui un horrible marché. Tu sais comment vous nous avez élevés. Jamais je n'aurais osé vous parler de mon enfant, de notre enfant à Channing et à moi. Capwell a tenu parole : je n'ai pas pu voir mon garçon, car je sais que c'est un garçon, une seule fois durant ces cinq années. J'ai tenté d'oublier. Je n'ai rien oublié. Etre fidèle à Channing, ce n'est pas accomplir un nouveau meurtre. Je ne suis même pas sûre que ce soit Joe Perkins qui l'ait tué. Non, être fidèle à notre amour, c'est retrouver notre fils. Et je le ferai, maman.

CHAPITRE 5

Ainsi l'arrivée impromptue de Joe Perkins à Santa Barbara commençait à agir comme un coin qui serait venu se ficher au centre d'une mosaïque. Le puzzle complexe d'un tissu urbain, constitué d'alliances plus ou moins consenties et de silences, tendait déjà à se fendiller. L'onde de choc, pourtant, n'en était qu'à ses débuts. Mais sa propagation avait commencé et menaçait de mêler une histoire criminelle vieille de cinq ans à une multitude de mini-tragédies personnelles qui risquaient de refluer à la surface. La hausse de tension que représentait, malgré lui, la présence de Joe en ville allait sans aucun doute faire fondre nombre de soudures mal faites. L'opération vérité voulue par le jeune prisonnier prenait une tournure qu'il n'avait pas prévue. Le mensonge – s'il y avait mensonge – savamment entretenu par une ville entière, du moins accepté pour que lui seul purge un délit odieux, ne reposait-il pas, justement, sur ces alliances et ces silences dont on soupçonnait désormais la précarité? N'y aurait-il qu'un seul meurtrier du jeune Channing, lui ou un autre? Qu'une seule vérité? Ou bien des vérités? Une chaîne de circonstances inavouées, tenues secrètes, directement ou indirectement responsables de la tragédie d'un jeune homme brillant, heureux, dont la vie avait été fauchée un soir de réjouissances?

La vérité? Kelly, pourtant, était sûre d'elle. Joe, celui qu'elle avait tant aimé, elle le revoyait jour après jour, il se glissait même dans ses rêves, penché, un revolver à la main, sur le cadavre de son frère. D'abord, elle n'avait pas compris. Channing était couché sur le beau tapis persan dont son père était si fier. Une pièce unique, immense, complexe, le fruit de trois ans de travail d'une famille de bédouins du XVIIIe siècle qu'un collectionneur lui avait cédé à Téhéran et qu'il avait fait acheminer jusqu'en Californie comme un tableau de maître. Channing portait encore ses bottes de cavalier. Un instant, Kelly crut qu'il était ivre. Mais, au même moment, elle avait reconnu Joe, vu le revolver. Comme dans un éclair : Joe disparaissant à la seconde même. Puis ce fut l'explosion du tonnerre après la foudre quand, s'étant approchée, elle sut que son frère venait d'être tué.

Combien de centaines de fois ce tableau fugace, cet instantané d'horreur ne l'avait-il pas visitée durant ces dernières années? Elle avait tout dit aux juges, à l'avocat de son père. Mais l'image revenait, revenait toujours. Channing, Joe, le revolver. Tous trois étaient encore inscrits dans la masse liquide et incroyablement claire qui glissait sans bruit le long du yacht. De l'arrière, Peter la héla :

– Chérie, tu es certaine de vouloir rentrer maintenant?

Elle était certaine. Kelterel Cove, son île du bout de son monde, avait perdu son innocence. L'océan lui-même ne la rafraîchissait plus. Le voyage prénuptial avait tourné court et elle faisait de la peine à Peter. Elle sourit au garçon. Un sourire attendri et malheureux. Peter n'insista pas.

Dany n'avait pas vu sa grande sœur pleurer. Il l'avait seulement trouvée à table en compagnie de ses parents et l'avait copieusement embrassée sur les deux joues avant de se glisser furtivement à sa place sous l'œil sévère de Ruben qui ne supportait pas que son fils rentre tard. C'est que Dany préparait un exploit, et que cet exploit était pour demain. Les préparatifs l'absorbaient bien suffisamment pour qu'il ait, en plus, la préoccupation d'être ponctuel. Mais ça, évidemment, il ne pouvait pas le dire.

Après une nuit plutôt agitée et une journée de lycée qui lui parut interminable, Andrade Junior s'affairait enfin aux pieds de son grand ami Ted scrutant la plage avec une paire de jumelles.

– Tu vois qui? lui demanda-t-il.

– Il y a Laken. Tiens, elle a un nouveau maillot, commenta-t-il à mi-voix. Il y a Spencer, Whirdale, Dutoit, Eileen, Janie aussi.

– Et Jade?

– Non, pas encore. Elle avait son cours de physique. Elle ne va pas tarder.

Pas de Jade! Dany jura entre ses dents en tirant encore plus fort sur la voile porteuse. Du haut de la falaise, ils voyaient quelques nuages passer au loin, au grand large du Pacifique renvoyant par ailleurs imperturbablement son bleu profond au bleu profond du ciel.

– Le vent est au sud-est, Dany. Ni trop fort, ni trop mou. L'idéal! Tu es prêt?

Dany était prêt. Il n'avait plus qu'à chausser sur ses épaules ce monstrueux appendice qui vengeait enfin Icare. L'aile volante était dorée, comme celle d'un archange. Il l'essaya pour la centième fois, puis la reposa. Ce n'était pas vraiment le courage qui lui manquait, c'était Jade.

– Passe-moi les jumelles.

Il scruta une dernière fois leur coin de plage, une sorte de V qu'ils avaient appelé, à tout hasard, le « triangle des Bermudes ». Un petit attroupement et des têtes blondes levées vers eux. Mais toujours pas de Jade. Il panoramiqua à droite, puis à gauche. Un détail retint son attention. On aurait dit une équipe de cinéma, affairée parmi les quelques baigneurs. Cette découverte sembla le décider : le spectacle ne serait pas perdu pour tout le monde. Sans un mot, il rendit les jumelles à Ted, enfila l'aile Delta, recula de quelques pas, prit gauchement sa course et se jeta dans le vide.

Jade était tout bonnement chez elle, passant d'une pièce à l'autre et d'un siège à un autre. Son père n'avait pas reparu depuis l'épouvantable scène de l'autre jour. Faute de mieux, elle s'était promis d'être particulièrement gentille avec sa mère, mais son envie de rejoindre Dany et les autres n'était pas pour autant oubliée. Ce fut Marisa, à la fois charitable et agacée par son manège, qui vint à son secours :

– Je croyais que tu allais à la plage?

– Oui, enfin c'était prévu. On devait voir Dany faire de l'acrobatie. Mais mes projets ont changé.

– Ils ont changé? Pourquoi?

– J'aime mieux rester avec toi.

Marisa lui sourit :

– Tu es une bonne fille, Jade. Mais je préfère te savoir papillonner avec tes copains sur la plage plutôt que de te voir te cogner à ces murs comme un bombyx fou.

– Un bombyx?

– Un autre papillon. File. On n'a pas toujours dix-sept ans. Et dis à Dany qu'il ne fasse pas d'imprudences.

Jade n'hésita plus. A la porte, cependant, elle s'arrêta pour envoyer un baiser à sa mère :

– Maman, ne t'en fais pas. Je sais que papa reviendra.

– Oui, ma fille. Ne rentre pas trop tard.

L'archange était descendu du ciel. Un peu vert, mais radieux. L'émotion était à son comble sur la plage. Les cinéastes eux-mêmes s'étaient approchés du héros. Jade comprit très vite la situation. La directrice du tournage était en train d'engager Dany.

Mais Dany rechignait :

– Vous savez, je ne suis pas un professionnel. C'est la première fois. J'ai eu de la chance.

Pour Jade, l'affaire était autrement claire. Si Dany tournait dans un film, elle pourrait peut-être elle-même faire enfin du cinéma. Hollywood n'était pas qu'un mirage. C'était une réalité à quelques miles seulement de Santa Barbara. Et ces gens échoués ici à contempler un jeune as du vol sans moteur allaient bientôt y retourner. Elle intervint :

– C'est vrai, Dany, tu es vraiment formidable. Accepte donc.

– Bien entendu, vous serez rétribué, insista la cinéaste.

Que pouvait faire Dany, sinon succomber aux charmes cumulés de Jade et du cinéma? L'affaire fut conclue. Il irait à Hollywood.

Tendu, l'écouteur de son téléphone d'urgence collé à l'oreille, Channing Capwell ne disait pas un mot mais sa main prenait des notes. Devant son bureau, debout entre les deux sièges réservés aux visiteurs, Rosa attendait, muette comme son patron. On n'entendait que le froissement des feuilles d'un arbre contre la baie vitrée donnant sur le jardin.

Puis le silence fut brutalement rompu. Le patron dictait ses ordres :

– Si la pression augmente, vous savez ce qu'il faut faire. N'hésitez surtout pas à arrêter la plate-forme si vous pensez que c'est nécessaire. Milligan est déjà en route. Faites exactement ce qu'il aura décidé quand lui-même aura fait le point. Et rappelez-moi immédiatement pour me tenir au courant.

Puis, passant sur son téléphone intérieur :

– Anne, le puits 27 a des difficultés. Milligan est-il bien en route? Bon. Alertez aussi Liscomb et Chalmers pour qu'ils le rejoignent le plus tôt possible. Jones est dépassé. Merci.

Rosa entra enfin dans le champ de son regard.

– J'ai des problèmes, Rosa.

– Moi aussi, monsieur.

– Je vous écoute.

– J'ai eu une conversation avec Santana.

– Et alors?

– Elle m'a dit quelque chose d'incroyable; quelque chose que je n'arrive pas à comprendre.

– Oui?

Le « oui? » était superfétatoire. Capwell avait très bien saisi ce qu'allait lui dire sa fidèle Rosa. Simplement, cela lui permettrait de réfléchir à sa propre réponse. Il savait que le silence, déjà, était une arme dangereuse. Le mensonge était pire, capable à tout moment de se retourner contre son auteur. Et, d'abord, qu'aurait-il pu nier? Il décida de dire la vérité. Rosa parlait :

– Monsieur Capwell, Santana m'a avoué qu'elle avait été enceinte, qu'elle était allée dans une clinique d'Acapulco que vous lui aviez recommandée et qu'elle avait eu un petit garçon qu'elle n'a jamais vu. Un enfant de votre fils que vous avez délibérément caché.

Il lui dit la vérité :

– Tout cela est exact, Rosa. Rosa, je vous en prie, asseyez-vous. Je ne suis pas l'ennemi que vous croyez. J'ai cru bien faire. Peut-être me suis-je trompé. Quand mon Channing est venu me trouver pour me dire qu'il allait être père, il n'avait pas dix-huit ans. Moi, je le voyais déjà président des

Etats-Unis. Il m'a dit qu'il était amoureux de Santana, qu'elle était enceinte et qu'il voulait se marier avec elle. Il voulait lâcher ses études, se mettre à travailler. Channing commençait à emprunter une voie royale. Je voyais s'effondrer tous mes rêves. Et puis, ils étaient tellement jeunes tous les deux. Je leur ai proposé une adoption de l'enfant, pas très légale, mais je savais, au moins, qu'il aurait toutes les chances d'être heureux. Et puis Channing est mort et Santana a accepté d'abandonner son fils.

Rosa eut un gémissement de rage :

– Vous avez tout décidé seul, monsieur Capwell. Et nous?

– Je sais, Rosa. Je regrette.

Chaque soir, Joe Perkins rentrait dîner avec sa mère et Jade. Chaque matin, il n'avait qu'une idée en tête. Une seule : voir Kelly, lui parler, comprendre. Courageusement, il s'était présenté à la villa des Capwell. On l'avait jeté dehors. Il avait fini par savoir que Kelly et Peter étaient partis sur une île. Dès lors, il guetta le yacht qu'il connaissait bien dans le port de plaisance. Quand il le vit lentement prendre place à son quai, son cœur chavira. Il sut en même temps qu'il était toujours très amoureux de Kelly.

Cette pensée l'effraya. Il s'enfuit, mais revint. Kelly était à terre, seule. Peter devait régler les ultimes problèmes d'appontement. Elle portait un gros sac de voyage et sa silhouette délicieuse occupait pour Joe l'espace entier du port. Elle dit quelques mots à son coéquipier laissé sur le pont du bateau et se mit à marcher. Elle venait à sa rencontre.

Mais c'était impossible. Joe, apeuré, entra dans l'ombre d'un bâtiment portuaire. Kelly, comme une revenante, sortait des limbes de cinq années de rêves éveillés, angoissés. Et elle était là, maintenant, excessivement présente à quelques pas de lui, hésitant au bord du boulevard, sans doute à la recherche d'un taxi.

Il se mit en pleine lumière, osa appeler : « Kelly! »

La jeune fille se retourna, se figea. La revenante venait d'apercevoir un spectre :

– Joe! Non, Joe!

Le bras était resté levé. La voiture s'arrêta. La silhouette de Kelly s'y engouffra. C'était fini.

Elle tremblait encore comme une feuille après que Peter l'eut retrouvée à la villa. Il la prit dans ses bras :

– Calme-toi, Kelly. Calme-toi.

Elle l'écarta presque de son corps.

– Ne t'inquiète pas, Peter. Tout va bien.

– Je vous ai vus tous les deux sur le port, Joe et toi.

– D'accord. Et alors?

– Alors, comment tu le trouves?

– Joe?

– Oui, Joe.

– Je ne m'attendais pas à le voir. Aussi brusquement, je veux dire.

– Ce n'est pas ce que je t'ai demandé.

– Eh bien, je le trouve, je ne sais pas, toujours le même, je pense.

– Tu veux dire : pareil que lorsque tu en étais amoureuse?

– Peter, je t'en prie.

– Tu as raison. Excuse-moi, chérie. Mais cela va être une vraie catastrophe pour nous si ce type commence à traîner autour de nous.

Joe, maintenant, savait. Il savait que Kelly l'aimait encore. Il savait qu'il aimait encore Kelly. Ce qu'il ne savait pas, c'était comment faire pour revenir cinq ans en arrière. Comment faire disparaître le cadavre de Channing qui les séparait autant qu'une muraille de prison. Plus que jamais, il lui fallait trouver le véritable assassin. Et, pour cela, il allait lui falloir fouiller une ville entière, une ville qui lui était hostile en plus. Un profond découragement s'abattit sur lui. Une ville entière! Et il était seul! Puis il pensa de nouveau à Kelly, à sa fuite à bord du taxi. Trop rapide, trop précipitée, même après ce qui s'était passé à la barre. Elle ne fuyait pas seulement l'assassin de son frère. Elle fuyait aussi un autre homme. Alors, peut-être n'était-il pas tout à fait seul? L'espoir lui revint. Son appétit aussi. Il entra dans le premier restaurant venu.

Là, une dame avec une ombrelle rouge et un chien bouclé parlementait vivement avec un garçon. Le restaurant n'acceptait pas les animaux. La dame s'emportait.

Joe, décidément en forme, s'interposa et entreprit une manœuvre conciliatrice qui réussit. Du coup, la dame au petit chien et le jeune homme encore amoureux se retrouvèrent à la même table. Joe venait de faire la connaissance d'Augusta et Augusta de Joe.

En fait, ils se connaissaient bien entendu déjà. Personne, à Santa Barbara, ne pouvait ignorer l'existence d'Augusta Lockridge. Et personne non plus celle de l'assassin présumé de Channing Junior. Ils eurent donc des choses à se dire. Augusta conseillait sans ménagement à Joe de quitter Santa Barbara pendant que le jeune homme clamait son innocence et son désir de mettre la main sur un assassin. La vivacité du dialogue les amena tout de même jusqu'au café.

Joe ne sut pas très bien, par la suite, s'il avait rencontré une amie ou une ennemie. Mais il avait enfin parlé à quelqu'un.

CHAPITRE 6

– VOILÀ, c'est fini pour nous, dit le policier en remettant pêle-mêle calepin et stylo dans la poche de son blouson.

Il était énorme et cultivait l'air renfrogné, ce qui convenait fort bien à l'heure matinale et à la désolation du décor dans lequel il se mouvait avec ostentation. Depuis près d'une demi-heure qu'il allait et venait devant Joe, Jade et leur mère, c'étaient aussi ses premières paroles après les salutations d'usage. Il ajouta toutefois à l'adresse qui se voulait exclusive de Marisa, c'est-à-dire sans regarder une seule fois Joe :

– Madame Perkins, je suis navré, mais il vous faudra passer au commissariat pour faire votre déposition et signer votre plainte. Bien entendu, vos enfants sont aussi convoqués.

Puis, devant le mutisme de Marisa, il crut bon d'insister, juste avant de passer la porte avec son coéquipier :

– Il faut porter plainte, madame Perkins. Croyez-moi, trop de gens ici ont tendance à vouloir se faire justice eux-mêmes.

Et son regard, cette fois, n'épargna pas Joe.

Il était à peine quatre heures quand un bruit assourdissant le réveilla. Le temps de comprendre qu'il s'agissait d'une explosion et que celle-ci venait de sa propre maison précipita Joe quelques secondes plus tard dans le living-room. Sa mère, pourtant, avait été encore plus prompte que lui. Elle tremblait sans bouger devant une flamme qui commençait à lécher le mur côté rue. Il n'eut qu'un cri :

– Maman, appelle les pompiers. Je m'occupe du reste.

Marisa en était bien incapable. Ce fut Jade qui le fit puis, en inondant la moquette et le divan d'eau, ils parvinrent à calmer le feu. Les pompiers, à leur tour, achevèrent de défigurer radicalement la pièce en déversant une affreuse bouillie blanche.

Somme toute, le nettoyage terminé, il n'y aurait jamais qu'un divan à changer – d'ailleurs elle ne l'aimait plus depuis que John était parti – une paire de rideaux et le papier mural, pensait Marisa qui ne voulait pas penser à autre chose.

La police avait immédiatement conclu au jet d'un engin de très faible capacité destructrice – une sorte de gros pétard, avait borborygmé le gros flic, ayant pu traverser un carreau de la fenêtre parce qu'il avait été attaché à une pierre. On avait effectivement retrouvé le caillou sous un fauteuil. Il en avait provisoirement conclu qu'il valait mieux fermer ses volets la nuit.

– Ça va, maman? demanda doucement Joe quand les autorités les eurent enfin laissés seuls.

Elle posa sa main sur son genou :

– Ça va, mon fils.

– Maman, je vais finir par croire que papa a raison. J'attire vraiment le malheur sur cette maison. Je ferais peut-être mieux de partir.

– Non, Joe. Ta place est ici. Tu dois te battre et je veux que tu te battes. D'ailleurs, j'ai besoin de toi pour éteindre les incendies.

Joe se pencha vers elle et l'embrassa. Dans son baiser, il y avait de la reconnaissance, de la tendresse et une pointe d'admiration :

– D'accord, on va se battre.

Il était à peine huit heures quand il arriva devant la haute grille noire de la villa Capwell. Il avait fait le chemin à pied, en longues enjambées souples et sportives. Il se sentait en pleine forme. La haute ville s'éveille plus tard que les faubourgs et il n'avait guère croisé que quelques aboiements de chiens. Il appuya sans hésiter une seconde sur le bouton extérieur de l'interphone. Un grésillement puis une voix sortirent du haut-parleur encastré dans la pierre. C'était la voix de Philip :

– Oui?

– C'est le coursier de Ramstock and Co. Un pli urgent pour M. Capwell.

– M. Capwell est parti.

– C'est urgent, répéta Joe qui ne cherchait même pas à travestir sa voix.

– Attendez.

Joe entendit un petit déclic et il poussa machinalement le portillon qui résista. C'étaient les deux lourds battants de la grille qui s'ouvraient automatiquement et silencieusement. Au fond de la propriété, une grosse limousine noire était déjà engagée dans l'allée. Joe reconnut Philip qui, penché, parlait à quelqu'un assis dans la limousine, montrant du bras la grille. Il comprit alors qu'il n'aurait pas à aller à Capwell puisque Capwell allait venir à lui. La limousine, effectivement, remontait l'allée.

Afin de ne pas compliquer encore les choses, Joe fit semblant de s'intéresser à l'un de ses souliers et ne se déplia qu'au dernier moment. Il était à dix centimètres du visage de Channing Capwell, et sans missive.

Ce fut Capwell le plus rapide :

– Désolé, monsieur Perkins, je ne tiens pas à vous parler.

– Monsieur Capwell, écoutez-moi. On vient de lancer une bombe chez moi. Personne n'a été blessé, mais c'est un miracle. J'espère que vous n'approuvez pas ce genre d'attentat.

– Je ne l'approuve pas et je suis terriblement navré pour vos parents. Mais je n'approuve pas non plus votre présence à Santa Barbara, vous le savez. Vous devez quitter cette ville, monsieur Perkins.

Capwell faisait signe à son chauffeur. Joe sauta devant la voiture. Il hurla :

– Je suis innocent, monsieur Capwell. Je n'ai pas tué votre fils. C'est une erreur.

Puis il décida de rebrousser chemin.

Il ne fit que quelques pas. La limousine glissait de nouveau à son côté. Capwell n'avait pas remonté sa vitre :

– Kelly vous a vu, Perkins. Vous êtes un assassin. Partez, c'est votre dernière chance.

Et la voiture fila.

La Providence n'a pas de visage et on la croise parfois sans la voir. Joe Perkins put le vérifier ce matin même alors qu'il redescendait des collines, remâchant amèrement l'inutilité de sa grimpette. Alors qu'il venait de s'engager dans Callimpton Street, une moto ralentit à sa hauteur et laissa tomber à ses pieds un objet avant de disparaître dans un tumultueux vrombissement. Joe crut une seconde à un nouveau « pétard ». Mais l'objet, gros comme une balle de ping-pong, semblait peu agressif et, la curiosité aidant, il trouva la témérité de le ramasser.

C'était une simple feuille de papier enroulée par quelques élastiques à un modeste caillou – un autre. Le message était à la fois clair et sibyllin, écrit en lettres capitales : « Rendez-vous à minuit dans le bâtiment de la Compagnie des Iles, carrefour Anacapa. Je peux vous aider. » Et c'était signé, toujours en capitales : « Dominique. » La Providence? Vraiment? Joe Perkins n'avait pas le choix. Il décida de s'y rendre.

Channing Capwell Senior n'en avait pourtant pas fini avec cette journée si mal commencée à cause de ce désagréable tête-à-tête improvisé à la porte de sa maison. Une autre épreuve l'attendait. De retour des puits où les difficultés se multipliaient et rendaient l'équipe particulièrement nerveuse, il était passé voir sa fille qui se préparait dans le mini-appartement qu'il lui avait fait aménager dans l'aile gauche de la villa. Peter l'attendait dans le petit salon en compagnie de Mason pour l'emmener dîner en ville.

Sa beauté rayonnait. Il lui en fit compliment et se félicita en lui-même de son idée d'excursion maritime. Puis une ombre s'installa entre eux, sans qu'il y prît garde. Celle de Joe Perkins, évidemment. Qui, de Kelly ou de lui-même, avait pris la responsabilité de l'évoquer. Il n'aurait su répondre. Mais il s'entendit dire :

– Je veux que ce Perkins s'en aille tout de suite.

La réplique de Kelly le chiffonna :

– Mais, papa, il est chez lui. Sa famille habite ici. Légalement, il est tout à fait libre.

Il y pensait encore, arpentant les couloirs menant à son bureau après que Kelly, gentiment, l'eut poussé d'un baiser hors de son alcôve sous prétexte qu'elle ne pouvait plus faire attendre Peter et qu'elle était loin d'être prête. Evidemment, Kelly avait raison et sa remarque était censée. Pourtant, venant d'elle, cela lui apparaissait comme une sorte de désaveu de son propre comportement. Et, surtout, que la jeune fille était prête à accepter quasiment à ses côtés la présence de ce qu'il considérait comme le mal absolu. Comment pourrait-il qualifier autrement l'assassin de son fils?

Mais une autre surprise l'attendait. Au bout de la galerie, près de son bureau, quelqu'un tentait d'entrer dans la chambre de Channing. C'était Santana. Sa visite aurait donc été plus rapide qu'il ne s'y attendait. La jeune femme vint à sa rencontre :

– Je suis contente que vous soyez là. J'ai préféré ne pas téléphoner avant de venir. Mais il fallait que je vienne.

– Oh! tu sais bien que tu es ici chez toi. Entre. Je peux t'offrir un verre de chablis, californien bien sûr, mais réussi celui-là. On vient de m'apporter la première bouteille de la production. Je dois juste auparavant passer un coup de téléphone.

Santana lui montra la porte de la chambre de Channing :

– Elle est fermée?

– Elle est toujours fermée. Elle n'a pas été ouverte depuis le jour où Perkins l'a assassiné. Viens, passons dans le bureau.

La conversation au téléphone fut brève, plus peut-être que le soupir profond qui la suivit. Channing se laissa aller dans son fauteuil. Cette journée lui paraissait interminable.

– Des difficultés, monsieur Capwell?

– Quelques-unes, Santana, quelques-unes.

– Alors, je ne vais guère y remédier.

Elle regarda l'homme fatigué :

– Car, à propos de Channing, vous ne pensez pas qu'il y a aussi, quelque part, une partie de lui-même encore vivant? Vous y pensez parfois?

Comme avec sa mère, il voulut se laisser le temps

de réfléchir. Cette fois, pourtant, il ne pourrait pas dire la vérité :

– Qu'est-ce que tu veux dire, Santana?

– Vous le savez très bien. Je vous parle de mon fils, et du fils de Channing.

– Santana, tu dois l'oublier. Tu le sais bien.

– Je ne peux pas.

– Tu dois l'oublier. L'adoption a rompu tous les liens avec toi.

– C'est ridicule.

– C'est légal. Les pièces juridiques sont scellées. C'est la loi.

– La loi ne veut rien dire pour une mère quand elle la sépare de son enfant. Vous savez bien maintenant que je ferai tout pour le retrouver. Même si vous refusez de m'aider. Gardez votre vin précieux. Il sera meilleur pour une meilleure occasion. Au revoir, monsieur Capwell. Excusez-moi de vous avoir dérangé.

Santana disparue de son bureau, il fit un geste, comme pour la chasser définitivement de son cerveau et décrocha son téléphone :

– Allô, Gina? Passez-moi Gina, je vous prie... De la part de Capwell. Allô, Gina? Oui, c'est moi. Gina, est-ce qu'on vous a installé le nouveau système de sécurité? Oui? Très bien. Et comment va notre poussin, notre petit Brandon? Il me manque. Vous savez que son anniversaire est pour bientôt? Oui, oui, je sais. Merci Gina. Veillez bien sur lui.

Ce soir-là, Capwell Senior quitta son bureau pour monter directement à sa chambre. Il se sentait un peu seul et n'avait aucun appétit.

Le matin même, Joe ayant à peine tourné les talons, John Perkins frappait à la porte de son épouse. Il avait été prévenu de l'attentat un peu par hasard, alors qu'il venait de quitter son motel avec sa vieille Buick pour rejoindre le puits numéro 4 où il était dorénavant affecté. Il avait croisé une voiture de police pilotée par le gros Bill qu'il connaissait bien. Le policier lui fit signe de s'arrêter et lui raconta ce qu'il savait :

– J'ai l'impression que ta famille a besoin de toi, John. Ton Joe nous crée des complications, tu devrais peut-être aussi voir de ce côté, ajouta le gros Bill, séparant bien le bon grain de l'ivraie.

Bouleversé, John poussa sans trop de ménagements la Buick jusqu'au bout de la De La Guerra Street où le petit pavillon, à l'extrême est de la cité, en indiquait quasiment la fin. Lui-même venant d'au-dessus d'Arroyo Burro Beach, tout à fait à l'ouest, cela faisait une trotte. Marisa était seule dans la maison qu'il fut soulagé de trouver intacte :

– Où est Jade? dit-il sans autre préambule.

– Elle est déjà partie. Joe aussi, si cela t'intéresse. Bonjour, John. Tu vas bien?

Il ne répondit pas tout de suite à sa femme. Il contemplait en hochant la tête le mur noirci, le divan fichu. Rassuré et dégoûté en même temps. Dégoûté de lui-même surtout. Alors qu'il aurait dû être tendre et prévenant, il venait de recevoir une leçon de courtoisie minimum de la part de Marisa. Ce rappel, au lieu de changer son attitude, attisa son vertige. Ce malheureux voulait toujours être encore plus malheureux. Il répliqua :

– Je suis content que vous soyez sains et saufs.

Mais il ne put s'empêcher d'ajouter :

– Tout cela ne serait pas arrivé si...

Marisa lui coupa la parole :

– On ne va pas recommencer, John. Je vais bien, les enfants vont bien et Joe restera à Santa Barbara, chez lui, ici, tout le temps qu'il voudra.

Il fit un dernier effort pour imposer une puissance paternelle dont il s'était lui-même dépouillé par son entêtement morbide :

– Je suis venu chercher Jade.
– Elle ne te suivra pas, tu le sais bien. La famille Perkins vit ici. Ta place est ici. Avec Jade, avec moi, et avec Joe.
– Joe est un danger. Je ne veux pas que ma famille soit en danger.
– Joe est ta famille. Le danger est en toi, John.
L'homme malheureux était définitivement battu.

A minuit, Joe était sur les docks. L'eau, dans les bassins, était une masse noire mystérieuse et hostile. Le vent venant du large charriait des odeurs fortes par bouffées. Des masses sombres encombraient le quai. Une bâche claquait avec la sécheresse d'une arme qui fait feu. Dans son dos, le bâtiment se mit à parler. Il voulut se retourner.
– Ne bougez pas. Je suis Dominique. Je ne veux pas que vous me regardiez.
La voix était incertaine, étouffée. Ni grave ni claire. Elle continua :
– C'est trop tôt pour nous deux. Mais je suis un ami. Je veux vous aider. Vous êtes absolument seul. A deux, nous aurons plus de chance de trouver celui ou celle pour qui vous venez de payer. Vous êtes d'accord?
– Je suis bien obligé. Que savez-vous? Pourquoi vous ne me dites pas qui vous êtes? Qui a jeté la bombe Capwell qui a failli anéantir ma famille?
– Vous posez trop de questions. Qui vous dit que c'est un Capwell qui a voulu cette bombe? Aucun élément objectif ne le prouve, sauf votre rancœur, d'ailleurs justifiée. Nous devons procéder autrement. Bien plus sérieusement. Que savez-vous vous-même de la soirée du meurtre? Vous avez dit à votre procès qu'il y avait un témoin.
– C'était un invité. Je ne le connaissais pas. Il est

venu avec moi dans la pièce où j'ai trouvé Channing assassiné. Quand je me suis relevé, il n'était plus là. Il ne s'est jamais manifesté depuis.

La voix se fit encourageante :

– C'est de ce côté qu'il faut chercher, Joe. Réfléchissons l'un et l'autre. J'ai fait ma propre enquête. J'ai beaucoup de documents. Il faut que vous m'aidiez à les exploiter. Je vous téléphonerai bientôt pour notre prochain rendez-vous. Et essayez de me faire confiance.

La pétarade d'une moto fit sursauter Joe. Quand il se retourna, il ne vit qu'une grosse lumière rouge se reflétant sourdement sur un dos de cuir noir et un casque blanc clos comme un œuf.

CHAPITRE 7

La nuit portant conseil, Channing Capwell décida d'insérer Peter encore mieux dans son jeu. Il lui fit savoir qu'il désirait le voir. Ce fut Kelly qui se chargea de répercuter la nouvelle, cueillant téléphoniquement le jeune homme avant son départ pour l'école, selon leurs habitudes matinales et de tendresse. Peter s'amusa d'être aussi cérémonieusement convoqué par son futur beau-père qu'il croisait d'ordinaire au moins trois fois par jour. Il ne fut cependant qu'à demi intrigué. Une conversation avec Mason avait conforté son idée qu'entrant par alliance dans l'empire, on s'empresserait de lui conférer d'autres galons professionnels plus reluisants que ceux d'un petit professeur d'un très provincial et très modeste institut. C'était lui faire, évidemment, très douce violence. Il allait enfin pouvoir quitter cette cage de béton aux murs douteux. Il souriait souvent d'aise en pensant à la tête que ferait la bibliothécaire qui lui avait prédit un jour que, malgré ses épaules de beau gosse, il était bon pour rester là à perpette.

Seulement, il ne s'attendait pas si tôt à une telle décision. Si toutefois sa chance était vraiment arrivée – et il le sentait très fort – il n'allait pas commencer à la bouder. Il fit un grand sourire au téléphone et promit à Kelly d'être à la villa dès qu'il en aurait terminé avec ses cours de la journée. Puis il partit, pour une fois, le cœur content.

Brise était cette touffe de poils bouclés à quatre pattes dont on sait déjà qu'elle faisait fureur dans les restaurants de Santa Barbara. Il fut le premier à rentrer au Bistingo et fila tout droit vers la table où Joe Perkins avalait méthodiquement son hamburger de la mi-journée. A l'autre bout de la laisse, cependant, Augusta et son inséparable ombrelle faisait semblant de résister :

– Oh! ce chien manque vraiment de savoir-vivre. Il a dû se souvenir de votre intervention l'autre jour. Excusez-nous, monsieur Perkins.

– Bah! ce n'est qu'un chien, dit Joe pour dire quelque chose.

Mais il s'était levé et il s'empressa d'ajouter :

– Je suis ravi de vous rencontrer, madame Lockridge. Voulez-vous prendre place à ma table?

– Je ne vous dérange pas, au moins?

– Vous voyez bien que je suis seul.

Et Joe installa derechef Brise contre ses pieds. Il regarda Augusta droit dans les yeux :

– Vous pensiez me trouver ici, n'est-ce pas?

Augusta appréciait particulièrement ce type de passes d'armes :

– Vous ne désiriez pas me revoir, monsieur Perkins?

Elle soupira comme une coquette, flatta Brise qui mordillait les chaussures de Joe :

– C'est vrai, finit-elle par avouer, je vous cherchais.

– J'en suis extrêmement flatté, répliqua Joe qui prit le parti de croiser les jambes. Puis il attendit.

– J'ai appris ce qui était arrivé à votre maison, Joe. Je peux vous appeler Joe?

Ce n'était pas vraiment une question. Joe s'abstint

donc d'y répondre. Il se contenta de proposer à Brise son pied droit à la place de son pied gauche. Augusta continuait :

– Comment est-ce possible? C'est un acte de barbarie répugnant. Je le condamne fermement.

Que de condamnations! pensa Joe.

– J'ai beaucoup réfléchi à votre situation, Joe. J'aimerais vous aider. Mais que faire? Vous ne pensez vraiment pas qu'il vaudrait mieux pour vous de tenter de tout reprendre à zéro ailleurs?

La dent du chien se fit plus précise, comme pour l'obliger à réagir :

– Ecoutez, madame Lockridge. Cela, je l'ai déjà entendu mille fois. Je ne partirai pas de Santa Barbara. Il n'y a aucun avenir pour moi si je ne clarifie pas le passé. Prison ou non, on est coupable jusqu'à ce qu'on ait prouvé son innocence. J'ai été condamné à tort, j'ai soi-disant payé pour une faute que je n'ai pas commise et l'on continue tout de même de me considérer comme un criminel. C'est intolérable. Même la police...

Il fut interrompu par un groom du restaurant. On lui apportait une enveloppe. On ne savait pas de qui. Un très jeune garçon était entré au bar, avait donné cette lettre pour le monsieur qui était avec la dame au chien. On n'en savait pas plus. Le papier disait, en lettres capitales : « Il ne faut pas faire confiance à A. L. » et c'était signé « Dominique ».

Joe regarda l'avenue. Les palmes des arbres flottaient majestueusement dans l'air chaud. Des touristes en short se hâtaient lentement vers les plages. De grosses automobiles silencieuses tanguaient comme des chaloupes sur la chaussée déformée. On aurait dit un autre monde. Quand donc pourrait-il y entrer?

Peter fut accueilli par Kelly, enjouée et cajoleuse.

– Papa est dans le grand salon. Tu connais le chemin. Je vous laisse entre hommes. A tout à l'heure, chéri.

Channing Senior était effectivement déjà là, à demi absorbé par un gigantesque fauteuil en cuir dont les dimensions restaient pourtant bien modestes par rapport au considérable volume de l'endroit. Un plateau à portée de sa main supportait une bouteille de vin ouverte et quelques verres. N'importe! La solennité du lieu avait été mûrement réfléchie, pensa Peter qui commençait à bien connaître son Capwell.

La lecture du journal financier fut différée, une large main se tendit :

– Heureux de vous voir, Peter. Asseyez-vous donc. Vous allez goûter à mon chablis.

– Merci, monsieur. Comment allez-vous?

– Bien, je suppose, quoique je ne dorme pas beaucoup depuis quelque temps.

– Joe Perkins, je pense. Depuis qu'il a été libéré de prison, je dors mal moi aussi. Alors je vous comprends.

– Justement, Peter, je suis inquiet pour Kelly depuis que ce personnage est revenu. Elle ne veut pas de garde du corps et elle continue ses activités comme si de rien n'était.

– Monsieur, je ferai tout ce que je pourrai pour la protéger.

– Je sais, Peter. Je vous fais confiance. Mais cela ne suffira peut-être pas... J'ai peur de ce Perkins. Il essaie de pénétrer dans cette maison. Il rôde. Il surveille. Je ne sais pas ce qu'il veut exactement.

C'est le moment que choisit Kelly pour faire son entrée. Elle avait gardé sa tenue de ville, contraint sa lourde chevelure d'or à passer par les mâchoires d'une grosse pince qui faisait comme une vague écumante, et portait au bout du bras un élégant attaché-case :

– Mme Denner vient d'appeler. Il faut que je passe au Club. Je n'en ai pas pour très longtemps.

Elle les contempla avec un air de commisération feinte :

– Alors, mes hommes, vous paraissez bien sombres...

Peter lui sourit et leva son verre :

– A ta beauté, même pliant sous le labeur... Ça va, chérie, je t'attendrai.

– Tu ne veux pas que Peter t'accompagne? s'empressa d'ajouter son père, autant à son adresse qu'à celle du jeune homme qui comprit qu'il venait de commettre une gaffe et qui tenta de la rattraper en bafouillant un « oui, oui, Kelly, c'est peut-être mieux ».

– Pas question, papa. Je veux un gentil mari, pas un garde du corps. Alors, c'est cela votre complot?

– Non, non. Tu peux quand même rester quelques secondes, Kelly? J'allais seulement dire à Peter que j'ai réfléchi au poste qu'il pourrait occuper s'il venait chez nous. Vous êtes intéressé, n'est-ce pas Peter?

Peter acquiesça de la tête avec gravité. Ce fut Kelly qui parla :

– Crois-moi, Peter, ne te sens pas obligé d'accepter. Je serai fière et heureuse d'épouser un enseignant.

L'enseignant trouva un sourire exprimant amour et remerciements. Mais sa tête retourna irrésistiblement côté beau-père qui laissa tomber :

– Le poste de sous-directeur de la Société des hôtels Capwell est disponible.

Peter faillit siffler d'enthousiasme. La chaîne Capwell, c'était vingt-quatre hôtels, bientôt vingt-cinq, dont trois palaces achetés d'ailleurs plus pour le prestige du nom que pour leur rentabilité. Un réseau au départ strictement californien mais qui commençait à menacer les territoires concurrents de l'Arizona, de l'Utah et même, dans le nord, de l'Oregon, direction l'Etat de Washington et – pourquoi pas? – le Canada.

Le jeune professeur de physique rêvait, mais son rêve fonctionnait sur une connaissance longuement approfondie de l'empire, pétrole, hôtels, banque et vignobles confondus.

– C'est une offre, monsieur Capwell?

– Tout à fait sérieuse.

– Alors j'envoie immédiatement ma lettre de démission à l'école.

Si le rêve prenait tournure à la villa Capwell, il ne s'en ébauchait pas moins au « triangle des Bermudes ». Couchés sur le sable, sacs et bouquins empilés dans un coin, n'ayant même pas pris le temps de se dévêtir, Dany, Jade, Ted et Laken prospectaient leur avenir qui leur semblait beaucoup mieux inscrit dans le ciel californien que dans leurs tribulations scolaires qui gisaient sur la plage.

Leurs visages dans le bleu immaculé, ils tentaient d'en reproduire la même impeccable sérénité pour leur vie de rêve, chassant d'un souffle de leurs pensées tout nuage, se stimulant les uns les autres :

– Est-ce que ta mère t'a dit quelque chose à propos de Ted? demandait Jade à Laken.

– Oui, du mal, répondit la jeune fille en faisant un geste significatif de la main. Elle a su pour sa visite sous le lit. Le jardinier lui a parlé du treillage cassé. J'ai eu droit une nouvelle fois à la litanie sur l'horrifique famille Capwell. Tu sais que Ted m'a donné un de ses pigeons?

– Pigeonne, précisa le garçon.

– Le réalisateur a fait une remarque quand Dany t'a présentée? questionna à son tour Laken en tournant sa tête vers Jade.

– Il m'a dit « bonjour ».
– C'est peu.
– Point final. Un fiasco.

Dany intervint :

– Et alors? Qu'est-ce que tu voulais qu'il te dise d'autre?

Avec Jade, il avait effectivement revu les cinéastes de la plage. L'équipe s'était renforcée d'un monsieur qu'ils croyaient être un réalisateur. C'était, en réalité, le producteur du film. En vérité, il se comportait comme le seul patron. La cascade de Dany avait été confirmée et mise au point. Puis les cinéastes avaient disparu. Hollywood ne s'en était pas moins sérieusement rapproché d'eux. Dany pensa tout haut :

– Je voudrais savoir comment ils ont fait.
– Fait quoi? demanda Laken.
– Comment ils ont fait pour partir de zéro et devenir ce qu'ils sont maintenant.
– Mais qui? insista la jeune fille.
– Ben, ceux d'Hollywood, ravissante idiote! gloussa Ted qui avait vu quelques films français et conclut son impertinence par un baiser dans le cou.

Laken s'ébroua, se mit sur son séant et lança à l'adresse de Jade :

– Ma chère, tu as déjà entendu parler du « devoir » du metteur en scène?
– Oui, et alors? Il faut être prête à tout quand on veut devenir riche et célèbre.

Dany, que la remarque ne concernait guère, continuait de développer son rêve à haute voix :

– Ils m'ont donné des noms de gens à Hollywood si je me décidais à y aller. Hollywood... Mon père ne voudra jamais...
– Et s'il acceptait? susurra malicieusement Jade.
– Eh bien, j'irai, décida le garçon.
– Alors, moi aussi. Tu voudras de moi? minauda-t-elle.

– En tout cas, il ne partira pas tout seul. Un si tendre garçon dans le lit de la débauche! Je te prêterai main-forte, l'homme volant.

Laken ne disait rien. Elle regardait la mer et appela Ted. La jeune fille se retourna :

– D'accord. Tu en parles à ma mère?

– Oh, non!

Mais ils étaient déjà partis. Et ils avaient raison.

Santana Andrade aussi voulait partir. Pas à Hollywood, beaucoup plus bas, de l'autre côté de la frontière : à Acapulco. Après son échec auprès de Capwell, elle n'avait plus qu'à reprendre patiemment le fil de sa propre histoire de mère. Une mère? D'une certaine manière, la jeune femme avait du mal à s'imaginer dans cette fonction. Ces cinq années passées à oublier Channing dans la fièvre d'un métier qui lui plaisait avaient été aussi cinq très longues années à oublier son propre enfant laissé là-bas, au Mexique. Mais elle avait mieux à faire que d'imaginer : elle vivait soudainement l'étrange brûlure d'un manque essentiel. Et cette brûlure, elle le savait, était maternelle. Au fond, si le sentiment était tardif, il était aussi nouveau. D'Acapulco, elle ne se souvenait que de la douleur, et de l'intense plaisir de la délivrance, le moment unique de donner la vie. Puis l'énorme chagrin d'avoir perdu Channing avait agi comme une puissante anesthésie. On était venu presque immédiatement la chercher, à demi morte de fatigue et de peine.

Rosa la comprenait, la soutenait, mais ses propres réflexes de mère enfin à l'écoute de sa fille et ceux de la femme qui fut toujours disciplinée se contredisaient, s'enchevêtraient en elle. Souvent, les seconds l'emportaient. Elle lui disait :

– Monsieur Capwell lui-même t'a dit qu'il n'avait

jamais su qui avait adopté le bébé, que c'était impossible à savoir.

Invariablement, Santana lui répondait :

– Maman, tu ne m'arrêteras pas. Je veux découvrir qui a adopté l'enfant, où il vit à présent, au Mexique ou n'importe où ailleurs dans le monde. Il faut que je le trouve. Je ne peux pas te dire autre chose.

C'étaient des mots. La brûlure seule commandait. Santana prit l'avion de Mexico.

CHAPITRE 8

– Un instant, Peter.

– Joe! Qu'est-ce que tu veux?

Ils ne s'étaient pas revus depuis le soir du drame. Peter Flint n'avait même pas témoigné au procès. Dans la petite rue, la vive clarté de l'après-midi mollissait. A Santa Barbara, la nuit ne s'installait qu'au terme d'une longue dégradation de la lumière, interminable. Peter avait décidé de passer à son domicile pour rédiger sa lettre de démission, classer quelques copies – les dernières, jubilait-il – et oublier sa grisaille professorale de la journée avant d'aller chercher l'éclatante Kelly pour un pique-nique d'amoureux sur le bateau.

– Je n'ai pas le temps, Joe.

– Mais si. De toute façon, ce ne sont pas nos effusions de vieux copains séparés depuis cinq ans qui vont te retarder.

– Qu'est-ce que tu veux? répéta Peter.

– Une réponse, ou plutôt un avis. D'après toi, de qui viendrait le cadeau balancé à travers la fenêtre de ma mère?

– Oh! tu crois que j'ai quelque chose à voir avec l'attentat contre ta maison?

– Oui, c'est bien cela.

– Tu fais erreur, Joe.

– Crois-tu? Je te connais trop bien pour faire une aussi grosse erreur.

– Tu ne me connais pas du tout.

Joe s'approcha d'un pas. Sa propre haine lui faisait peur. Car c'était bien de la haine. Il sentait en lui monter une terrible violence qu'il cherchait en même temps à combattre. Il pensa furtivement à son mystérieux correspondant, à ce ou cette Dominique. Il ou elle avait raison. Il ne fallait pas se laisser emporter, agir méticuleusement, scientifiquement. Ce n'était pas trop sa nature, ni son éducation. Dans les faubourgs, on perd aussi le monde à coups de mauvaise franchise. Mais un petit prof retors lui avait volé sa fiancée. Cela, il ne pouvait pas le garder :

– Tu as fait tout ce que tu pouvais pour nous séparer, Kelly et moi. Et tu continues, n'est-ce pas, Peter?

– Kelly et moi sommes fiancés aujourd'hui, ne l'oublie pas. Je pensais, je pense encore que cela n'aurait pas marché entre vous. Un fils d'ouvrier et une Capwell... Il n'y avait que toi pour y croire, Joe.

– C'est faux, Peter, et tu le sais bien. Tu voulais simplement prendre la place.

Ses poings se serraient. Peter fit face :

– Allez, Perkins, cogne-moi! Cogne-moi une seule fois et ta libération sur parole ne sera plus qu'un souvenir. Allez, vas-y! Qu'est-ce que tu attends?

Il avait raison, Peter. Dominique aussi avait raison. Son encombrante rage de vivre lui avait valu cinq ans de prison. Il se sentait malheureux comme un gosse esseulé dans un jeu d'adultes qu'il ne comprenait pas. Il s'éloigna, vaincu.

Sa décision de se conduire avec sagesse ne dura pas longtemps. Passant de la haine à l'amour dans le même emportement, il retrouva sa vieille fièvre pour Kelly à mi-chemin d'un verre qu'il vidait dans un bar de State Street. Et il avait beau, cette fois, invoquer le mystérieux Dominique, plus rien, pour l'heure, ne pouvait lui faire admettre qu'il allait lui falloir mener une longue guerre de tranchée pour la reconnaissance de son innocence et, par là même, avoir quelque chance de reprendre le chemin de son cœur.

On appelle signe le hasard quand celui-ci entre dans vos projets. Alors qu'il fantasmait en terminant son verre sur les hypothèses les plus farfelues, comme enlever Kelly pour l'obliger à l'écouter, il vit passer de l'autre côté de l'avenue le couple qui tourmentait ses pensées. Peter avait arrêté sa voiture contre un magasin d'alimentation de luxe et Kelly s'y était engouffrée. Elle en ressortit trois minutes plus tard avec un grand sac en papier plein à ras bord. Puis les deux amoureux continuèrent vers la mer.

Fou de jalousie, Joe sortit du bar pour voir la voiture tourner en direction du port. Il prit le même chemin. Sur le parking, il reconnut très vite la voiture de Peter. Ils étaient donc sur le bateau. Et il avait tous les numéros de téléphone de Kelly. Même celui-là.

Peter avait tiré la table, Kelly extrait la bouteille de bourbon du mini-réfrigérateur de bord. Elle emplissait deux verres quand une petite sonnerie aigrelette se fit entendre :

– Le téléphone? Tu as dit à beaucoup de gens que nous étions là, Peter?

– Non, la famille le sait. C'est à peu près tout.

– Tu peux répondre, chéri? Je passe à la cuisine.

Quand la conversation fut terminée, il était tout agité :

– Je ne comprends pas bien, lui dit-il. C'est la

police qui voulait m'informer qu'un intrus serait entré dans mon appartement. Ils disent qu'ils ont été prévenus par un voisin qui a entendu que l'on forçait ma porte. Ils disent aussi qu'ils ont immédiatement appelé chez moi et, comme cela ne décrochait pas, ils ont joint la villa où Victoria sans doute leur a fourni le numéro du yacht.

Kelly aussi était perplexe :

– Mais comment la police a-t-elle ton propre numéro?

– Ça, c'est une idée de Mason. Son bureau a demandé une surveillance spéciale de tous les points de chute des Capwell, bureaux ou maisons. Je suis sur la liste.

– C'est gai. Moi aussi, alors, je suis surveillée? C'est à cause du retour de Joe Perkins, je suppose?

– Exact.

– Vous ne croyez pas tout de même que vous allez un peu loin? Joe est un assassin, mais il n'est pas fou, que je sache.

– Il n'est pas fou, mais il est dangereux. Je l'ai vu cet après-midi.

– Et alors?

– Il m'a menacé. Kelly, tout cela n'est pas très clair. Il vaut peut-être mieux que je fasse un saut jusque chez moi. Ce n'est pas si loin. Je n'en ai que pour quelques minutes.

– Comme tu veux, mon chéri. Je bichonne la pizza en attendant. Mais fais vite.

Il fit si vite qu'elle en fut surprise. Elle venait a peine d'enfourner la pizza qu'elle entendit ses pas sur le pont. Mais les pieds qu'elle vit paraître au bas de l'échelle conduisant dans le ventre du bateau n'étaient pas les siens. C'étaient ceux de Joe.

– Joe! Tu m'as fait peur, Joe.

Elle crut devenir hystérique. Elle était collée contre la paroi du bateau comme un papillon épinglé. Sans un geste, et plus un mot. Leurs yeux se lurent durant une fraction de seconde, puis ce fut tout. Il était pétrifié, lui aussi, raide comme un arbre frappé par la foudre. L'une de ses jambes restait en suspension entre deux barreaux de l'échelle. Leurs corps étaient comme deux aimants de charge identique qu'aucune force au monde n'aurait pu rapprocher.

Joe était en train de mesurer que le maigre espace qui les séparait encore dans l'intimité du bateau était bien plus incompressible que la muraille en béton d'une prison.

Ce fut elle la plus courageuse. Elle finit par articuler :

– Tu ne devrais pas être ici.

Pour la tête enflammée de Joe, cela ne voulait rien dire. Ou tout dire... Il ne savait plus. Il ne pouvait qu'exprimer ce qu'il ressentait :

– Personne ne pouvait m'en empêcher. Personne. Il fallait que je te voie, Kelly.

Extraire quelques paroles de sa raideur corporelle l'avait un peu détendu. Mais il ne bougea pas. Prenant soudain conscience de la brutalité de son intrusion, il ébaucha un vague rictus qui se voulait un sourire :

– Il ne faut pas avoir peur de moi.

Kelly pouvait maintenant l'affronter.

Elle quitta son coin, s'assit sur le divan arrondi de coussins qui courait le long de la paroi. Comme si elle venait de les découvrir, son regard se fixa sur les deux verres de bourbon posés sur le bord de la table. Eludant Joe, elle se mit à leur parler :

– Je n'ai pas peur, mais Peter revient bientôt.

Abandonnant sa position d'échassier, Joe s'accroupit plus qu'il ne se posa sur un degré de l'échelle intérieure. Il regardait Kelly regarder ses verres :

– En prison, je rêvais de toi toutes les nuits. Tu comprends, la nuit, on peut s'échapper.

– Moi, ce sont des cauchemars, Joe.

– Oui, je sais.

– Je revois mon frère sur le sol, baignant dans son sang, et Joe Perkins, mon amoureux, tenant un pistolet.

– Je n'ai pas tué Channing, Kelly.

– Je ne veux pas t'écouter.

Le jeune homme baissa les yeux. Son envie de Kelly se heurtait déjà à un acte d'accusation contre lequel il lui fallait encore plaider. Plaider, il lui faudra donc toujours plaider! A la barre non plus, elle ne l'avait pas regardé. Il bougea un peu mais resta accroché à son échelle, demi venu, demi parti :

– Tu as bien écouté ton père parler de moi. Tu as écouté Mason. Tu as écouté Peter Flint. Tu peux bien m'écouter, moi.

Kelly, maintenant, fixait l'un des hublots :

– C'est toi qui as téléphoné tout à l'heure, n'est-ce pas? Tu as attiré Peter dehors. Que veux-tu?

– Seulement te parler.

– Mais, moi, je ne veux pas. Laisse-moi.

Joe secoua la tête comme pour dénier à Kelly ce droit qu'elle pensait avoir de le faire disparaître. Un geste pour lui seul : la jeune fille refusait toujours de le regarder.

– Tu sais, Kelly, cela a été très dur pour moi ces cinq ans sans te voir. Pas une visite, pas un mot. L'abandon total.

Cette fois, elle se tourna vers lui, rouge de colère :

– N'oublie quand même pas que tu as tué mon frère.

– Ce n'est pas seulement cela. J'ai réfléchi. On réfléchit beaucoup en prison. Je crois que tu tiens encore à moi, que ce n'est pas fini entre nous.

– Je ne vois pas ce qui peut te permettre... D'ailleurs, j'aime Peter. Il m'a fait comprendre que je pouvais encore aimer un homme. Je ne m'en croyais plus capable.

Joe hésita. Pas très longtemps en fait :

– Oh! Peter... Parlons-en, de Peter. Il était le seul à savoir que nous voulions nous sauver, toi et moi. Il a intrigué auprès de ton frère Channing, il lui a tout dit. Je croyais alors que Peter était un ami, une sorte de grand frère qui voulait m'aider dans ma vie. Channing est venu me voir. C'était un impulsif, moi aussi. On s'est bagarrés. Ton père a été mis au courant. Cela n'a rien à voir avec le meurtre, mais tout est parti de Peter. Comprends-tu que, déjà, il voulait nous séparer?

Son élan avait endormi sa vigilance. Du pont, une voix d'homme hurlait :

– Sors de là, Perkins! Salopard!

– Ça va, Peter, ne t'inquiète pas, cria Kelly.

– Sors de là!

Joe sourit à Kelly, un vrai sourire cette fois. Puis il escalada l'échelle.

Peter était sur le pont, l'air d'autant plus menaçant qu'il avait ramassé une gaffe d'arrimage qu'il pointait sur Joe avec l'évidente envie de lui enfoncer dans le corps. Ce dernier n'avait pas pour autant envie d'être conciliant :

– Je te préviens, Peter. Les prisons sont aussi faites pour les petits profs minables.

La gaffe siffla comme une sagaie. Joe, souple comme un chat, roula à terre et l'arme improvisée termina sa chute dans l'eau. Pourtant, le jeune homme regardait, étonné, son épaule. Le fer de l'engin avait coupé sa chemise qui commençait à se colorer en rouge.

Kelly aussi venait d'arriver sur le pont. Il les regarda tous les deux, se releva. Il en avait soudain très marre :

– Ça va, tous les deux, je m'en vais.

Mais il était vraiment de très méchante humeur et, paradoxalement, ce fut Kelly qui trinqua :

– Au revoir, Kelly. Si jamais j'ai besoin d'un

témoin à charge pour cette affaire, je sais où te trouver.

Sautant sur le quai, il disparut dans la nuit comme un homme ivre.

Kelly regardait cette nuit. Peter vint l'entourer de son bras, doucement :

– Tu trembles? C'était un accident, ma chérie.

– Oui, mais...

– Ecoute, je lui ai à peine éraflé l'épaule. Ce n'est qu'une égratignure. C'était sans doute inévitable.

– Inévitable?

– Joe Perkins est comme un chacal qui tourne autour d'une tanière qui n'est pas la sienne.

– Joe n'est pas un animal. C'est un homme.

– Oui, ma chérie, c'est un homme. Ne parlons plus de lui.

– Ne parlons plus de lui, répéta mécaniquement Kelly.

Et Peter l'entraîna au fond du bateau.

CHAPITRE 9

SANTANA conduisait lentement. C'était une habitude américaine, mais l'air brûlant qui s'engouffrait dans sa petite voiture européenne de location, toutes vitres baissées, y était aussi sans doute pour quelque chose. Elle avait été suffoquée en descendant de l'avion à l'aéroport de Mexico. La ville, au demeurant, lui avait fortement déplu. Pour une fille de la côte, née dans ce qui lui apparaissait maintenant un tranquille village à côté de cette gigantesque pieuvre urbaine qu'était Mexico, la touffeur en altitude plus la densité humaine étaient vraiment rédhibitoires. Elle fila en taxi jusqu'à l'adresse du loueur où son agence de Los Angeles lui avait fait réservation d'une Renault, une voiture française. Appelant à son secours les quelques mots d'espagnol que lui avait légués sa mère, elle les essaya bravement, mais en vain, sur le conducteur du taxi. Celui-ci, apparemment, ne parlait et ne comprenait que le mexicain pur.

Elle mit plus de deux heures pour quitter la mégapole, croyant s'être trompée dix fois de route, ayant l'impression d'être repassée dix fois au même endroit. Elle ouvrit toutes les vitres de la voiture quand elle fut certaine d'avoir enfin traversé les tout derniers faubourgs. La climatisation n'était pas très efficace. Puis la route fut de moins en moins encombrée et elle put jeter un œil plus serein sur un paysage altier et vigoureux qui lui paraissait aussi étrange que le sol lunaire.

En réalité, l'idée qui prévalait et qui lui souriait vraiment était que cette route qui paraissait traverser l'enfer descendait aussi doucement vers la mer.

Ce qui l'amena prématurément à Acapulco. Du moins à y penser sérieusement. Le problème de l'hôtel était réglé, selon l'agence. En téléphonant à la clinique où elle avait si étrangement accouché il y a cinq ans, elle s'était assurée que c'était bien le docteur Ramirez qui la dirigeait encore. C'était la clinique des Quatre Soleils, un joli nom qu'elle avait pourtant oublié et qu'il lui avait fallu retrouver dans ses vieux agendas. Le docteur Ramirez, pour le moment, était son seul salut. Elle se souvenait d'un petit homme à la barbiche noire et avec des yeux qui allaient dans tous les sens. Lui devait bien savoir quelque chose. Il en savait peut-être même beaucoup.

Cela lui plaisait aussi cette démarche pour retrouver la trace de son enfant qui commençait dans le pays de ses parents. Ses racines! Les racines de son fils! Le pays de leurs ancêtres à tous les deux. Déjà, elle se sentait un petit peu moins yankee. Moins, en tout cas, que ce grand diable pâlot de Mason. Il ne la lâchait plus, celui-là, depuis l'histoire du revolver. Santana se mit à rire toute seule au milieu des montagnes qui déclinaient. Mason l'avait tellement tannée pour qu'elle l'invite chez elle à un dîner intime qu'elle avait fini par le convoquer. Elle lui avait préparé une sorte de chili con carne, mais version Terre de Feu arrosée de téquila pour l'éteindre. Et, à onze heures précises, elle le quittait, pantelant et indigné, pour prendre la route de Los Angeles afin d'y passer la nuit avant le départ, très tôt le lendemain matin, de son avion.

Mason était-il toujours en train de méditer son

chili con carne? Santana consulta sa montre : il était midi. C'était bien possible... Nonobstant, une telle heure expliquait cette chaleur qui n'avait pas l'air de vouloir décroître.

Deux heures plus tard, elle était à Acapulco. Là, elle se sentit enfin dans un endroit qui ne lui paraissait pas complètement farfelu. Le Pacifique y ressemblait au Pacifique, et la petite ville à un lieu de villégiature qui la cousinait naturellement avec Santa Barbara, le luxe en moins, l'authenticité en plus. Elle bouscula sans trop de mauvaise conscience son emploi du temps pour une petite trempette salvatrice dans la piscine de son hôtel et quelques pas touristiques dans la ville qui la menèrent tout de même à la clinique des Quatre Soleils. Ses murs ocre ne lui rappelèrent rien. L'entrée, en revanche, lui fut plus familière. Mais il est vrai qu'avec les cliniques on ne sait jamais. Elles se ressemblent toutes plus ou moins.

Elle rassembla de nouveau son maigre espagnol et fonça sur la réceptionniste qui écoutait en douce la radio :

– Señorita...

– Si?

– Je voudrais voir le docteur Ramirez. J'arrive de Californie et... et c'est très important, parvint-elle à peu près à dire dans la langue de Cervantes.

– Je l'avais remarqué, rétorqua la réceptionniste qui passa sans hésiter dans celle de Shakespeare. Votre nom, madame?

– Andrade. Santana Andrade.

La réceptionniste consultait un registre :

– Santana Andrade, vous dites? Vous aviez rendez-vous?

– Non, mais...

– Alors, ce n'est pas possible.

– Bon, je reviendrai demain. Voulez-vous, dans ce

cas, m'inscrire pour demain. A l'heure que vous voudrez.

– Demain? Je crains... Ce ne sera pas possible non plus.

Santana commençait vaguement à soupçonner que le téléphone entre Santa Barbara et Acapulco n'avait pas fonctionné que pour elle. Elle n'avait plus qu'à insister :

– Quand alors?

La réceptionniste avait un air de plus en plus officiel. Elle en avait même coupé la radio :

– Pas avant longtemps, je crains.

« Si elle me dit encore une fois " je crains ", je lui vole dans les plumes », pensa Santana dont la colère commençait à poindre sérieusement.

Elle eut droit tout de même à une tentative d'explication :

– M. le docteur Ramirez est parti en Allemagne, en vacances.

– En vacances? En Allemagne? Pourquoi pas à Tombouctou?

Mais la réceptionniste n'avait jamais entendu parler de Tombouctou. Pas plus que de l'Allemagne, d'ailleurs. Mais c'était écrit sur le registre des rendez-vous. En rouge, en gros et en haut.

– Bon, fit Santana. Mais moi j'ai appelé hier et l'on m'a dit que le docteur Ramirez était bien ici. Pas en Allemagne.

– Je suis désolée, madame. Un mauvais renseignement...

On tournait en rond. Santana ne pouvait pas repartir ainsi. Elle tenta autre chose :

– Ecoutez, c'est très important, mademoiselle. C'est une question de vie ou de mort, ajouta-t-elle en se demandant toutefois si elle n'en faisait pas un peu trop.

Elle en avait fait juste ce qu'il fallait. L'autre prit

un air intéressé, entre l'apitoiement et la résignation. Santana voulait profiter du passage qui s'ouvrait :

– Alors, voilà. Si le docteur Ramirez n'est pas disponible, il y a l'une de ses plus anciennes collaboratrices qui...

– Dolorès Sanchez?

– C'est cela même. Dolorès Sanchez.

Pour Dolorès, il n'y avait pas d'ordre. On n'avait même pas besoin de rendez-vous. Comme elle en avait assez de cette histoire et qu'elle voulait écouter tranquillement sa radio, elle décida d'aller chercher Dolorès.

Santana la reconnut tout de suite. Le type même des fidèles servantes des grands patrons. Efficace, énergique, intelligente, plus une once d'humanité. Dolorès Sanchez vint vers elle :

– Il paraît que vous m'attendez?

– Je suis Santana Andrade. Je suis Américaine. Je suis venue accoucher chez vous il y a plus de cinq ans.

– Je ne me rappelle pas, dit Dolorès. Nous faisons beaucoup d'accouchements.

– J'ai mis au monde un petit garçon. J'étais très jeune. Un monsieur est venu tout de suite après me chercher. Sans le bébé.

– Sans le bébé?

– Cet enfant était soi-disant abandonné par moi. Il y eut une adoption et...

– Et?

Les deux femmes se regardaient. Aucune des deux n'avait le moindre doute sur l'identité de l'autre.

– Et au moment de l'accouchement, j'ai entendu mon bébé pleurer. Quand j'ai voulu relever la tête, quelqu'un a mis sa main sur mes yeux pour m'empêcher de le voir. C'était vous!

Santana eut beau la regarder encore plus attentivement, Dolorès Sanchez n'eut aucun frémissement. Juste un peu plus de morgue :

– Moi? Vous plaisantez?

– Pas du tout. Et ne me dites pas que vous avez oublié. Cela ne doit pas vous arriver tous les jours de mettre la main sur les yeux d'une mère pour qu'elle ne voie pas son enfant...

Dolorès Sanchez, infirmière agréée, se leva. Elle savait ce qui lui en coûterait si cette histoire s'ébruitait. Son trouble, invisible dans ses gestes, passa tout de même dans son élocution. Elle bredouilla presque :

– Inutile, madame. Je ne vous connais pas.

Et elle disparut par la première porte venue.

Santana arriva à trouver la sienne, celle de la rue, qu'elle referma d'une manière très peu protocolaire pour un calme lieu de santé.

La jeune femme passa le reste de la journée à épuiser sa colère et à fouiller dans son esprit pour trouver une solution à ce début d'enquête si piteusement amorcée. Le bilan n'était tout de même pas si négatif. La clinique était bien là, et Dolorès Sanchez aussi. Même le docteur Ramirez était là. L'évidence descendit du ciel mexicain comme la grâce : si Ramirez était là, il devait bien coucher quelque part, et certainement pas à la clinique. L'annuaire d'Acapulco ne lui révéla rien. Il y avait beaucoup trop de Ramirez. Et, de toute façon, son numéro de téléphone risquait fort d'être sur la liste rouge. Puis elle pensa au portier de l'hôtel. Les portiers d'hôtels de standing savent tout, peuvent tout. Il suffit de leur laisser un peu de temps et de la fortune du bon Oncle Sam.

En fin d'après-midi, Santana avait un téléphone et une adresse. Le directeur d'une clinique ne pouvait pas être homme à échapper à la vigilance d'un portier de qualité. Elle prit immédiatement un taxi.

La course fut brève mais elle en valait la peine. La

villa était superbe, un peu austère mais nichée dans un océan de fleurs aux couleurs vives. La nuit tardait à venir. Le luxuriant parterre n'en exhalait pas moins déjà un entêtant parfum. La grille de la propriété était restée négligemment ouverte. Santana s'agrippa comme elle put, avec ses hauts talons, au gravier rose qui menait à la maison. « Ainsi, se dit-elle, je me promène allégrement entre les ennuis de la haute ville californienne et ceux de la haute ville mexicaine. » Elle appuya sur la sonnette.

Le docteur Ramirez lui-même vint ouvrir.

« Trop sûr de son barrage à la clinique », pensa la jeune femme qui n'eut plus qu'à le regarder la regarder.

Il avait sa barbiche et ses yeux virevoltants. Ceux-ci, pour l'heure, appréciaient. Des informations moins égrillardes parvinrent ensuite à son cerveau. Trop tard. Santana Andrade était déjà dans la place. Celle-ci s'amusait plutôt :

– Je vous dérange, docteur?

– Non. Enfin oui. Vous êtes Santana, n'est-ce pas?

Ramirez ne savait plus que faire. On peut donner des ordres pour éviter une emmerdeuse. Il était plus difficile de refuser sa maison à une très jolie femme qui, en plus, avait fait tant de chemin pour vous voir. Et, décidément, il trouvait Santana très belle. Son sang latin tourbillonna comme ses yeux. Il lui céda :

– Puisque vous êtes là, mademoiselle, entrez.

Santana, cette fois, se sentait victorieuse. Elle vérifiait, une fois de plus, que les affaires avec les hommes se présentaient toujours mieux qu'avec les femmes. Elle continuait cependant à faire semblant de ne pas s'en expliquer les raisons. Sauf Capwell. Le père, évidemment. Justement, Capwell... Elle décocha son plus voluptueux sourire au petit docteur :

– Dites-moi, docteur Ramirez, c'est M. Capwell

qui vous a soudain envoyé en vacances en Allemagne. Il connaît ma résolution de retrouver mon fils. C'est lui, n'est-ce pas?

Ramirez fit un geste des deux bras. Un geste de désolation navrée qui exprimait toute la difficulté d'être un médecin honorable tout en subissant les avatars de ce bas monde. Le docteur Ramirez était un réaliste. Il préféra glisser sur son sujet préféré :

– Vous avez beaucoup changé, mademoiselle Andrade. Je veux dire, vous étiez presque une fillette encore...

Il se tut brusquement. Malgré lui, il venait d'entrer dans la zone délicate. Et il n'était pas excessivement pressé.

Il fit asseoir Santana sur un large, long, profond divan de cuir blanc. Du poulain, reconnut la jeune femme avec un toucher très professionnel. Ramirez, maintenant, se lissait les cheveux, se grattait le cou, parvint néanmoins à servir deux verres, dont un de brandy à la demande de sa visiteuse, posa une fesse sur un siège rébarbatif, se décida à s'installer sur le divan, ni trop près ni trop loin. Il palpait le cuir moelleux d'une longue main fine et nerveuse. Santana reprit le cours de leur conversation :

– En cinq ans, une jeune mère a tout le temps de mûrir.

Son œil se posa sur la main flatteuse :

– Vous êtes nerveux, docteur Ramirez?

– Vous savez, je suis un vieux célibataire dérangé par une très jolie femme.

– Excusez-moi, mais merci tout de même. Dites-moi, docteur, à propos de l'Allemagne, c'est bien Channing Capwell qui vous a prévenu de ma probable venue?

– M. Capwell est un vieil ami...

– Un associé, même.

– Non, non. Un ami. Nous nous téléphonons parfois... Vous voulez un autre brandy, Santana?

– Merci, non. Si nous parlions de ce qui s'est passé il y a cinq ans?

– Nous avons tout le temps...

– Pas vraiment. Et je suis très curieuse. Alors, il y a cinq ans?

– Eh bien, vous m'avez fait l'honneur de choisir mon établissement pour mettre au monde un joli garçon.

– Où est-il?

– Comment, où est-il?

– Je n'ai pas de joli garçon. On me l'a enlevé à sa naissance. Je ne l'ai même jamais vu.

– Je... je ne savais pas.

– Mais si. Vous êtes complice d'un enlèvement d'enfant. Même s'il était très laxiste, je suppose que le Conseil de l'ordre des médecins mexicains...

Le docteur Ramirez bougea sur le divan blanc. Voilà bien une expression qu'il n'aimait pas entendre. Il vida son verre de Chivas :

– Vous me menacez abusivement, mademoiselle Andrade. Je vous assure que je ne sais rien de ce..., de cet enlèvement comme vous dites. Vous êtes venue avec M. Capwell, vous êtes repartie avec lui. Deux jours plus tard, on est venu chercher le bébé.

– Cela ne vous a pas paru bizarre cet... oubli?

– Mais c'est M. Capwell lui-même qui m'avait demandé de garder l'enfant. Il m'a dit que vous étiez trop fatiguée pour l'avoir tout de suite avec vous. Qu'il allait le confier provisoirement à une nurse.

– Il ne vous a pas parlé d'adoption?

– Euh... non. Non, non...

Santana savait qu'il mentait. Du moins qu'il ne lui révélerait rien qui puisse le mettre directement en danger. Mais il en dirait assez pour la mettre sur la bonne piste. C'était un marché secret qu'ils acceptaient tous les deux sans l'avoir formulé. C'était aussi le principe des traîtres.

– Bon. Et alors? s'impatienta la jeune femme.

– Alors, il est revenu deux jours plus tard. Et il a pris le bébé.

– Il?

Santana n'osait pas y croire. Elle précisa sa pensée en faisant un réel effort :

– Il, c'est... M. Capwell?

– Lui-même.

Même vaguement attendue, la réponse lui parut incongrue, puis effroyable. En aucun cas, selon le strict système de l'adoption, il n'était possible à Capwell de reparaître, encore moins de réclamer son petit-fils. Le papier qu'elle avait elle-même signé pour un prétendu abandon maternel n'était qu'un bout de chiffon. Elle le savait. Mais elle ne l'avait pas toujours su. Au début, elle avait cru dur comme fer à sa valeur, qu'elle avait réellement, légalement abandonné son enfant. Ensuite, elle avait imaginé que, manipulé par un avocat retors dans un pays moins scrupuleux que le sien pour ce type d'affaires – mais cela aussi, elle s'était complu à l'imaginer –, cet « acte » avait été pris au sérieux par la justice. Depuis quelque temps, elle s'était ralliée à la thèse de l'enlèvement, à une « adoption », certes, mais parfaitement illégale. Et voilà que Capwell revenait! Le grand-père était venu voler son petit-fils!

– Attendez, docteur Ramirez. Vous aviez mon autorisation pour le lui remettre?

– Mais enfin, Channing Capwell était son grand-père! Vous êtes venue avec lui à la clinique. Votre... mari avait disparu tragiquement, vous étiez réellement perturbée. Tout cela m'avait semblé naturel.

Ramirez se défendait bien. Elle n'en saurait pas plus. Mais c'était suffisant. Elle s'apprêtait à prendre congé le plus rapidement possible, quand lui vint à l'esprit une autre question :

– Dites-moi, docteur, quand M. Capwell est venu chercher le bébé, était-il seul?

– Oui. Enfin quelqu'un l'attendait dans sa voiture.

– Son chauffeur?

– Non, il n'y avait pas de chauffeur. Une femme, habillée en rouge. Je n'en sais pas plus, Santana, croyez-moi. Cette femme n'est pas descendue de la voiture. Je ne connais pas son visage. Elle a pris l'enfant. Lui s'est mis au volant. Ils sont partis.

Evidemment, Ramirez en savait beaucoup plus, mais il ne dirait plus rien. Santana se leva.

– Déjà? fit le médecin. Nous avons à peine parlé.

– Vous trouvez? Moi, j'en ai appris beaucoup. Sur vous aussi.

Le docteur Ramirez refit le même geste de désolation qu'au moment de son arrivée :

– Vous savez, les milliardaires californiens sont de puissants voisins. Nous sommes une nation fière, mais pauvre...

– Pas vous, docteur Ramirez.

– Justement...

Il la raccompagna jusqu'à la grille.

– Vous ne voulez pas profiter de ma voiture?

– Merci, docteur. Je voudrais profiter du jour qui reste et marcher un peu. Acapulco est une ville agréable.

– Alors, je pourrais peut-être mieux vous la faire connaître. Vous êtes à quel hôtel?

La proposition du directeur des Quatre Soleils n'était qu'à demi sincère. La splendeur de la jeune femme n'éclipsait plus tout à fait leur entretien douloureux.

– Hilton on the Beach.

C'était faux. Le lendemain, à midi, Santana reprenait l'avion de Los Angeles.

CHAPITRE 10

Los Angeles : pour Santana, c'était le retour au bercail, le dur affrontement aussi qui se préparait avec le seigneur des collines de Santa Barbara. L'exotisme était derrière elle. Pour la petite classe du « triangle des Bermudes », il était devant. Los Angeles, pour eux, continuait de briller comme une boule de cristal dans laquelle souriait leur avenir. L'aile delta avait été remisée. C'étaient leurs rêves qui volaient.

Jade était la plus excitée, Laken la plus secrète. Ted le plus sûr de lui. Ce fut, encore une fois, Dany le plus courageux. Le compte à rebours pour leurs vacances d'été étant sur le point de s'achever, le jeune homme choisit un dîner familial encore plus tristounet que d'habitude pour exposer son point de vue. Il était grand désormais, le collège ne lui donnait qu'une formation théorique dont il lui faudrait, un jour ou l'autre, tirer parti, on l'avait remarqué sur la plage, il avait de bonnes adresses, il était capable de se débrouiller, même s'il en bavait un peu, cela ne lui ferait pas de mal... De ce magma, et après un questionnaire précis, ses parents parvinrent à saisir l'idée dominante : Dany voulait partir à Hollywood avec son ami Ted.

Ted, parce que Capwell, restait la référence. Pour Ruben Andrade, ce ne pouvait être qu'une bonne compagnie. Entre la poire et le fromage, sa neutralité était remarquable. Comme d'habitude. Il leva une tête interrogative du côté de son épouse. Et, comme d'habitude, Rosa trancha en faisant semblant de lui en laisser l'initiative :

– Tu as raison, Ruben. Du moment que Dany nous donne régulièrement de ses nouvelles et que nous puissions nous-mêmes le joindre facilement, je ne vois pas pourquoi nous empêcherions ce garçon de faire sa propre expérience.

Et elle ajouta en souriant :

– Du moment qu'il en va de sa carrière...

Rosa, depuis les révélations de Santana, avait définitivement opté pour la complicité maternelle. Et puis, Los Angeles, ce n'était tout de même pas bien loin.

Pour Channing Capwell Senior, ce fut encore plus simple. Dans tout Américain arrivé, mais pour la plupart des autres aussi, gît le mythe du self-made man. Non seulement son fils pouvait, mais il devait se frotter très tôt à la réalité, faire ses preuves en tentant sa chance. Ted devait donc partir à Hollywood.

Ce qui vaut pour un garçon ne valant pas nécessairement pour une fille, Jade et Laken, dans cette affaire, restèrent les plus timorées. Et puis, si Jade ne pensait à peu près qu'à ça, convaincue d'avoir à briller tôt ou tard dans le ciel hollywoodien, elle songeait aussi à la détresse muette de sa mère entre le difficile retour de son fils et le brutal départ de son mari. En aucun cas, elle ne pourrait la laisser seule, Joe étant bien trop préoccupé par lui-même. C'est, du moins, ce qu'elle pensait pour l'instant. Quant à Laken, affronter Augusta était d'évidence au-dessus de ses moyens.

Les garçons partirent donc seuls. Grâce à un copain du collège qui avait déjà roulé sa bosse, ils purent prendre possession d'un mini-loft coin salle de bain assez éloigné tout de même de Beverley Hills. Les adresses de Dany les menèrent bien aux studios mais leurs grilles s'avérèrent encore plus redoutables à franchir que celles des maisons chic du haut Santa Barbara. Au mieux atterrirent-ils dans le cul-de-sac de bureaux anonymes occupés par un personnel à l'évidence incompétent. Même leur rendez-vous écrit sur le sable des exploits de Dany demeurait invisible. Seul le bureau de placement de l'école de cinéma de Los Angeles leur indiqua une pizzeria qui engageait des coursiers.

Les quelques dollars ainsi gagnés, plus les détournements tolérés de pizzas, vinrent heureusement au secours d'un pécule vite englouti dans la cité du cinéma. Avec leurs drôles de casquettes de grooms et les petites motos basses de la maison, ils purent même pénétrer dans l'intimité cossue de certains décideurs. En garçons bien élevés et scrupuleux, ils ne profitèrent pas de leur avantage, laissant la chance et leur talent subvenir à leur destin. Au demeurant, Ted et Dany faisaient de bons coursiers. C'était, paraît-il, la méthode Capwell.

Channing Capwell Senior, au demeurant, avait bien d'autres carrières à soutenir. Celle de Peter Flint, par exemple. Ce grand garçon qui avait charmé sa fille avait bien besoin de rafistolage. On l'avait reçu dans la famille comme le plus formidable antidote aux douloureuses blessures sentimentales de Kelly. Capwell considérait son futur gendre comme un allié de fait. Il osait moins s'avouer qu'il cherchait en vain ses qualités d'homme d'action. Peter n'était jamais qu'un autre mouton à cinq pattes que Kelly avait amené dans le troupeau très ordonné de la richesse. Si elle les aimait pauvres, c'était son affaire, après tout. Mais son affaire à lui était de le rendre riche.

Le job aux hôtels Capwell était un début. Mais ce n'était qu'un début, et le plus facile : Channing Senior avait toute confiance dans les énormes qualités de Karel Soubansky, son directeur du réseau. Peter n'aurait qu'à régler des problèmes d'intendance déjà prédigérés par Soubansky. La suite était plus complexe. Pour rendre Peter présentable, il lui fallait maintenant l'intégrer dans le tissu des privilégiés, ses voisins, ses amis, ceux dont on a toujours besoin quand on a de l'argent. Pour la seconde étape, Capwell ne voyait qu'une solution : organiser un dîner, disons français, pour présenter Peter et son chablis à la fois. Il y aurait peu de monde, mais il savait déjà lequel. Et celui-là suffira.

Quand il apprit de Kelly que Peter s'entraînait au polo, Capwell eut un sourire. L'enseignant était peut-être plus malin qu'il ne l'avait imaginé. Cette référence sportive était un signe à sa propre tragédie paternelle qui n'était pas pour lui déplaire. Pourtant, le sort s'en mêla. Ou plutôt le destin, comme pour remettre sur les rails toute cette histoire qui commençait à lui échapper.

Peter n'était pas un très bon cavalier. C'était même un débutant, et le polo est un exercice de haute voltige, difficile et dangereux, sauf pour ceux qui ont quasiment appris à monter en même temps qu'à marcher. Bref, Peter n'était pas Channing. La veille de la réception prévue en son honneur, le jeune professeur mordit la rêche pelouse du champ de polo. Pour l'éviter, le cheval de l'un de ses coéquipiers se cabra mais ne put éviter la tête de Peter qui se trouvait encore dans la trajectoire de ses antérieurs. Il fut transporté d'urgence à l'hôpital et soumis à une cure de repos absolu. Les examens ne décelèrent aucune fracture, mais le traumatisme demandait un temps d'observation.

Plus que tout autre, Peter avait compris que ce hasard malchanceux méritait le nom de destin. Son

une sorte de victime. Par là, Joe redevenait familier. Donc dangereux.

Au dîner français, alors que Rolls et Mercedes encombraient les allées de la villa, l'incident ne vint pas de son absence forcée. Les invités de Channing Senior, triés sur le volet, se moquaient bien des états d'âme de la fille de la famille, encore plus de ce fiancé anonyme que Capwell, paraît-il, voulait leur faire connaître. Ce qui distingue les roturiers nantis de la noblesse de souche, c'est que les premiers n'ont jamais su vendre leurs alliances ou mésalliances aussi bien que les seconds. Encore ce Peter Flint eût-il été un prince de sang que l'on aurait pu avoir l'indulgence de voir en Kelly une princesse, ce que croyait son père. Mais avec ce Flint, ce n'était vraiment pas le cas. On crut bon cependant de déplorer ce stupide accident de chasse, non, de polo, puis on passa à table.

Le puissant maître des lieux attendit patiemment que ses hôtes se soient installés, puis il leva son verre de chablis :

– Au vin californien, mes chers amis. Mais, avant tout, je voudrais porter un toast à l'éblouissante Kelly, à ma fille chérie qui va bientôt se marier avec un jeune homme charmant qui doit bien regretter de n'être pas avec nous ce soir. Vous savez que Peter, mon futur gendre, a été victime d'un grave accident de cheval en pratiquant le sport de mon malheureux garçon qui nous manque tant. Ses médecins m'ont promis qu'il se rétablirait très vite. C'est un jeune homme solide et courageux. Je bois donc à son prompt rétablissement. Je bois à la promesse de bonheur de ma chère fille. A Kelly...

La jeune fille souriait.

– ... Je bois aussi à un autre jeune homme qui nous fait à tous honneur. Il est avec nous, ce soir, et je vois déjà en lui le prochain procureur général de Santa Barbara. Ma boule de cristal personnelle m'a même dit que, dans les quatre ou cinq années à venir, il pourrait bien gagner directement la résidence du gouverneur de notre Etat. Je bois au brillant avenir d'un enfant de Santa Barbara. Je lève mon verre en l'honneur de mon cher fils Channing...

Capwell regardait Mason. Mason ne souriait pas. L'assemblée, un peu interloquée, ne comprenait pas. Il eut soudain conscience de son erreur :

– Je veux dire « à mon grand et cher Mason ». Je doute, ajouta-t-il en s'efforçant de rire pour ses invités, qu'il m'accepte dorénavant pour diriger sa prochaine campagne. N'est-ce pas, Mason?

Mais Mason avait quitté la table. Capwell pointait son verre vers une chaise vide.

L'incident ne parvint jamais aux oreilles pourtant spécialement sensibles d'Augusta Lockridge. Il aurait mis du baume au cœur de la voisine de la « Petite Catalogne » qui suffoquait jour après jour de tant d'insolence à portée de ses yeux fureteurs et d'un dénuement personnel qu'elle se complaisait à exagérer. Hier, ce furent les extravagances pour la colossale party des douteuses fiançailles. Aujourd'hui l'arrogance d'un repas de milliardaires.

Des combles de sa jolie maison, Augusta n'hésitait pas à surveiller à la jumelle les allées et venues dans cette haïssable villa. Si elle ne vit pas partir Mason, parce qu'il faisait trop sombre et qu'elle avait abandonné son poste de guet, elle avait évidemment repéré le manège des grosses limousines et mis un nom sur la plupart de leurs occupants. Elle repéra les Swampton, les Karalidès, Pickelhoud, le pétrolier concurrent, la rondouillarde Mrs. Clark en compagnie d'un fort beau gosse, sans doute son nouvel amant. Tous des gens qu'autrefois elle aurait reçus. Sa colère passa sur Laken en redescendant dîner en compagnie de sa fille et de sa mère. Laken téléphonait :

– Evidemment, tu téléphonais à Ted? apostropha-t-elle sa fille dès que celle-ci eut raccroché.

– Oui, maman, mais...

– Ted est un Capwell, trancha-t-elle.

– Oui, maman, lui accorda la jeune fille.

– Il est encore jeune mais il deviendra minable en vieillissant. Il ne pensera plus qu'en terme de fortune, ignorant des gens, des lois, de la morale. Je sais, ma fille, ce qui arrive à une femme qui épouse un Capwell. Pamela, Sophia, sais-tu ce qu'elles sont devenues?

Elle fut pourtant désarçonnée. Non seulement Minx venait d'entrer dans la pièce, mais elle entendit sa fille lui répondre :

– Mais, maman, je n'ai pas la moindre intention de me marier.

CHAPITRE 11

« Il faut que je te parle d'un rêve que je viens de faire. Un rêve à propos de nous deux. On était loin d'ici, très loin. On marchait sur une plage, toi et moi, et ce rêve me paraissait extraordinairement réel. La mer venait lécher nos pieds et je sentais dans tes cheveux l'odeur salée de l'océan. Tu dois savoir que je t'aime. De tout mon cœur, de toute mon âme. Dans mon rêve, tu me demandais de t'aimer toujours et je te promettais de le faire jusqu'à mon dernier jour. Je t'adore et je t'adorerai toujours. Joe. »

Evidemment, ce n'était pas très savamment écrit, mais demande-t-on à une lettre d'amour de l'être? Or, c'était bien une lettre d'amour. Kelly Capwell laissa tomber à ses pieds la feuille arrachée à un cahier d'écolier qui contenait, tracé d'une large écriture, ce message naïf et tendre. C'était bien sa grosse écriture, ronde, sans arrière-pensées. Et dire que cette écriture était aussi celle d'un assassin!

La feuille vint mollement se poser sur l'épaisse moquette vert tendre de la chambre. Juste à côté d'une volumineuse liasse d'autres enveloppes sur lesquelles était invariablement marqué, en lettres capitales, « A KELLY ». Toutes les enveloppes étaient brunes, « une couleur de prison », pensa la jeune fille. Elle se demandait si elles contenaient toutes les mêmes feuillets quadrillés. Elle se disait en même temps qu'elle aurait dû tout jeter immédiatement, tout brûler. Qu'elle allait le faire. Mais elle ne le faisait pas.

Elle avait reçu le paquet par la poste accompagné d'un petit mot de Joe : « Toutes ces lettres ont été écrites en prison pour toi. Je n'ai jamais osé les envoyer. Tu peux les brûler, mais tu dois les lire avant. » Elle avait mis le paquet au fond d'un placard et puis, ce soir, elle l'avait sorti. Comme ça. Sans raison. Si ce n'était un peu de fatigue. Elle résolut d'abord de s'en débarrasser, mais elle avait ouvert une première enveloppe. Comme par mégarde. C'est ainsi : on ne fait jamais tout à fait exactement ce que l'on a décidé de faire.

Cette nuit-là, le système d'alarme de la propriété se déclencha. La police fut appelée et l'on fouilla le jardin à la torche électrique. En vain. Kelly assista à la battue de la fenêtre de sa chambre, puis elle se recoucha après avoir rassemblé quantité de petits feuillets d'écolier qui encombraient son lit. Son père était furieux. On en conclut que la sécurité fonctionnait mal et il fut décidé de la changer.

Joe Perkins, depuis l'accident de Peter, trouvait que l'air se raréfiait de plus en plus pour lui à Santa Barbara. Malgré la tendre sollicitude de sa mère et de sa sœur, il éprouvait le besoin urgent d'être un peu moins ce loup solitaire que ses ennemis cherchaient à fabriquer. Il avait tenté, en vain, de se réconcilier avec son père. L'homme était devenu aveugle et sourd, bloc hostile qui ne voulait pas céder d'un pouce devant ses supplications. Joe avait fini douloureusement par admettre que l'auteur de ses jours ne se rallierait jamais plus qu'à l'opinion générale, imposée elle-même par un groupe d'individus puissants. Or, cette opinion était régulièrement empoisonnée, dressée à en faire un paria chronique.

Mason Capwell n'avait-il pas hésité à le faire arrêter par la police pour une sombre affaire de hold-up pour laquelle il fut d'ailleurs presque immédiatement relâché, quoique sans aucune excuse. On cherchait, à l'évidence, à le rendre violent. Et, à force de coups aussi bas, le jeune homme se demandait avec inquiétude s'il n'allait pas finir par mettre le pied dans ce piège mortel.

Il ne lui restait guère que le mystérieux Dominique et Augusta Lockridge, supposée ambiguë justement par le permier – ou première. Mais, encore une fois, il n'avait pas le choix. Même un loup a quelquefois besoin de compagnie.

Il était aussi de plus en plus pressé, Joe Perkins. Il savait qu'il lui fallait agir contre le temps qui l'isolerait toujours mieux. Pour agir, il n'avait que Dominique, cette ombre qu'il rencontrait dans la nuit des docks. Une ombre qui réclamait sa confiance et une confiance qu'il lui accordait, faute de mieux. Entre l'ombre et l'obscurité absolue, il n'avait guère eu à hésiter. Même quand ce fantôme lui donnait des ordres incroyablement périlleux à exécuter. Comme cette balade dans la villa Capwell où il n'avait réussi qu'à faire hurler des sirènes. Il s'en était tiré à bon compte, mais Dominique ne l'entendait pas de cette oreille.

– Il faut absolument y retourner, fouiller en particulier la chambre de Channing, lui avait téléphoné l'ombre. J'ai analysé à fond tous les journaux de l'époque, j'ai même eu accès aux dossiers de la police : il y a quelque chose qui manque, qu'il faut absolument découvrir, avait insisté la voix.

« Absolument ! » C'était vite dit...

Le début d'une solution s'esquissa avec une visite d'Augusta Lockridge qui venait proposer au jeune homme une place de jardinier-factotum-homme de confiance chez elle. Plutôt surpris par cette offre, Joe y voyait néanmoins quelques sérieux avantages.

D'abord, cela lui rapporterait quelques dollars dont il avait un besoin très pressant, la prison ne permettant généralement à personne de faire fortune. Le second avantage est que la « Petite Catalogne » jouxtait la villa qui intéressait si fort Dominique. Quant aux propres motivations d'Augusta Lockridge, elles lui échappaient. Le personnage étant resté, depuis qu'il l'avait rencontré pour la première fois, d'une belle opacité. Il s'était même mis à imaginer qu'Augusta et Dominique ne faisaient qu'un. L'hypothèse lui parut très fantaisiste, mais une chose était du moins certaine, c'est que Mrs. Lockridge détestait les Capwell, tous les Capwell. Il recula sur une seconde hypothèse qui lui paraissait plus solide : ennemi supposé de la famille haïe, il était sans doute plus simplement un pion qui pouvait fort convenablement entrer dans le jeu d'Augusta. Et puis, il se mit encore plus simplement à croire que la jeune femme avait tout bonnement envie de coucher avec lui. Peut-être pour ses beaux yeux, peut-être par des voies beaucoup plus détournées de la séduction. Sur ce point du moins, il put constater assez rapidement qu'il ne s'était pas trompé.

A peine rentrée à Santa Barbara, Santana Andrade sonnait à la villa Capwell. Philip eut beau essayer de lui expliquer que Monsieur se débattait dans des problèmes toujours sans solution de puits en feu, elle bondit jusqu'au bureau. Channing Capwell et sa secrétaire Veronica étaient chacun collés à un téléphone. Quand elle se présenta à la porte, la secrétaire lui adressa un sourire rapide, ce qui la conforta dans sa détermination à s'installer coûte que coûte. Elle s'assit dans l'un des deux sièges réservés aux visiteurs sans pour autant avoir droit au moindre regard de Capwell fixant la surface de son bureau avec obstination et accroché à son appareil comme à une bouée de sauvetage. Il s'agissait, d'après ce qu'elle pouvait saisir d'une conversation hachée et tendue, de trouver un homme providentiel, un certain Cruz qui paraissait être à peu près le seul au monde à pouvoir sauver les pétroles Capwell de la catastrophe. Mais le monde est immense et ce Cruz semblait s'y être perdu.

Tenace, la jeune femme ne cilla pas quand Capwell se décida à faire cas de sa présence en posant sur elle son regard bleu acier des mauvais jours et grommela :

– Tiens, Santana. Qui t'a dit de...

Elle lui coupa la parole, lui évitant ainsi d'être plus grossier.

– Le docteur Ramirez, monsieur Capwell.

Il jeta un coup d'œil inquiet à Veronica qui le rassura immédiatement en voyant la secrétaire absorbée par ce que lui disait son correspondant. C'était, il est vrai, une parfaite secrétaire. Puis il revint à Santana, trouvant en chemin un ton déjà un peu plus affable :

– Je comprends, Santana. Mais je suis réellement dans une situation d'urgence. Veux-tu m'appeler demain?

– Pour moi aussi c'est urgent, monsieur Capwell.

De Capwell sortit un gros soupir, puis ces mots :

– D'accord. De toute façon, il me faut bien attendre. Viens, passons dans le petit salon.

Et à l'attention de la parfaite secrétaire :

– Veronica, ne lâchez pas Boston. S'il y a du nouveau, prévenez-moi sur-le-champ. Je suis au petit salon. Ah! j'y pense, essayez aussi Girard, de Philadelphie. Il a eu récemment des ennuis. Peut-être que Cruz Castillo...

Au petit salon, il n'y eut pas de préambule inutile :

– Alors, tu as vu Ramirez...

– Exact. Il m'a tout dit.

– Mais encore?

– Que vous aviez volé mon enfant.

Channing Senior eut une moue désapprobatrice :

– Le terme est excessif.

– Choisissez-en un autre. Vous êtes tout de même venu le chercher dès que j'ai eu le dos tourné. Pour quoi faire?

– Pour qu'il soit adopté.

– Adopté. Vous êtes sûr?

– Enfin, confié à quelqu'un.

– Qui?

– Je ne peux pas le dire. Cela fait plus de cinq ans, Santana.

La jeune femme se laissa tomber dans un fauteuil. Si l'affaire n'était pas encore d'une limpidité aveuglante, elle venait du moins d'avoir la confirmation que son bébé n'avait pas été réellement adopté. Seulement « confié ». En d'autres termes, malgré sa renonciation écrite, son enfant était toujours son enfant. Le voyage à Acapulco n'avait donc pas été inutile. Restait à savoir où, comment, avec qui il vivait.

Santana eut l'intuition qu'il ne lui fallait plus trop brusquer les choses, ni immodérément braquer Capwell. Après tout, elle était déjà un peu dans la place. Elle n'aurait qu'à suivre patiemment la piste qui se trouvait désormais en face d'elle. La piste Capwell. Il la mènerait bien un jour ou l'autre là où elle avait décidé d'arriver. Elle contourna le premier obstacle :

– Monsieur Capwell, je sais bien que j'ai agi comme une fillette irresponsable. J'ai même, je crois, signé un papier et je reconnais qu'il est sans doute un peu incongru de ma part de jouer, cinq ans après, les mères outragées. Pourtant, je désire vraiment revoir mon enfant. Ne pourrais-je, au moins une fois, le voir, savoir comment il est fait, je ne sais pas, moi, pouvoir regarder une photo de lui? Rien qui puisse le perturber, bien entendu.

– Mais cela te torturerait si tu pouvais le voir sans l'approcher, tu ne crois pas?

Elle ne croyait pas. Elle était sûre. Sûre maintenant que Capwell savait parfaitement où se trouvait son fils, et avec qui, et comment. Ce qu'elle comprenait moins bien, c'était l'attitude du grand-père voleur de petit-fils, venant de lui avouer coup sur coup sa responsabilité passée et présente. Comme s'il cherchait lui-même à l'encourager dans sa quête maternelle. Comme s'il se livrait à elle. Et l'enfant avec.

Une mère cherchait son fils. Une fille cherchait son père. Enfin, c'est ce que croyait faire Jade en se rendant, particulièrement en forme et en beauté par ce beau dimanche après-midi, dans le motel d'Arroyo Burro Beach. La vieille Buick était garée devant l'un des bungalows. Les autres appartements, à l'évidence, avaient été désertés pour la mer et le soleil.

John Perkins regardait du sport à la télévision. On entendait de l'extérieur la voix du commentateur monter et descendre comme la houle du Pacifique. Il vint lui ouvrir, costumé et cravaté. Jade en fut un peu impressionnée. Elle ne s'attendait pas à cet accueil qui lui paraissait trop guindé et commençait à regretter sa propre tenue, short et tee-shirt de plage. Mais, enfin, c'était son père.

Elle lui donna un double gros baiser sur les joues et se laissa servir un Coca juste extrait du réfrigérateur qui embua immédiatement le verre. Son idée était de rabibocher ses parents et elle était venue, avec l'enthousiasme de ses dix-huit ans, tout arranger. Elle éviterait le plus possible, s'était-elle promis, de parler de Joe. Au demeurant son grand frère adoré avait, ces temps-ci, élu domicile ailleurs. Si elle avait bien compris, le père pouvait donc effectuer son propre retour sans prendre le risque d'un nouvel esclandre.

Son analyse de la situation était sans doute simplificatrice et sa conclusion d'un optimisme peu en accord avec les tortueux méandres d'un monde d'adultes qu'elle n'entrevoyait encore qu'en faisant un effort certain de compréhension. Le doute s'envola avec les premières gorgées du soda glacé. Elle était vraiment contente de voir son père. Et le père était ravi de recevoir sa fille. Néanmoins leur premier échange de propos ressembla à un dialogue écrit pour deux acteurs sourds l'un à l'autre.

A la démarche plénipotentiaire de Jade, son père répliqua par une contre-proposition à l'irréfutable antagonisme. Jade voulait qu'il rentre à la maison. John Perkins souhaitait que sa fille quitte cette maison pour venir vivre avec lui. « Ton frère est dangereux, ne cessait-il de répéter. Il attire toutes les calamités. Tu serais plus en sécurité ici. » Quant à restructurer la famille sous un toit commun, c'était devenu impossible. Marisa l'avait mis à la porte et il avait son honneur.

Puis la conversation glissa sur Hollywood. Elle avait des copines là-bas, c'étaient les vacances, elle s'ennuyait toute seule à Santa Barbara, elle voulait tenter sa chance.

C'est sur ce front que la victoire bondit à ses côtés. Le père céda, prétextant qu'un petit voyage là-bas serait au fond plus sain pour elle qu'un séjour estival dans une ville empoisonnée par la présence de Joe. Jade découvrit alors que c'était surtout cette autorisation qu'elle était venue chercher à Arroyo Burro Beach. Elle pourrait donc rejoindre Dany et Ted. Il fallait qu'elle en parle tout de suite à Laken. Elle quitta son père avec un double gros baiser pressé. Il ne lui était pas venu une seconde à l'esprit que Marisa, cette fois, resterait vraiment seule.

Kelly tournicotait dans son beau bureau du palace. Il n'aimait pas quand elle tournicotait ainsi, feuilletant le *Who's Who* de l'Etat, pianotant sur les touches immaculées du téléphone, regardant pour la dixième fois les marines accrochées aux murs, dont le yacht beau-paternel. Ce n'était pas son genre. Lui terminait de mettre au point sur le papier l'accueil et la prise en charge par les hôtels Capwell d'une réunion des gouverneurs des Etats de l'Ouest mise au point par Mason. Sa fiancée venait de lui offrir une élégante voiture de sport italienne rouge qui trônait à l'emplacement réservé numéro 1 du palace. Il n'était pas malheureux. Kelly cessa sa ronde :

– Tu en as encore pour longtemps?

– Non, chérie. J'arrive.

Son problème était de caser, sur un strict plan d'égalité de confort sans toutefois qu'ils puissent fortuitement se rencontrer hors des manifestations prévues, deux gouverneurs qui ne pouvaient pas se supporter. Celui du Colorado et celui du Wyoming, qui plus est un républicain et un démocrate. Les problèmes de physique, parfois, étaient plus simples. Kelly, elle non plus, n'avait pas fini :

– Peter, dès que nous serons mariés, pourquoi n'irions-nous pas vivre à New York?

New York! My God! Mais c'était à l'autre bout du monde, ça. Aux antipodes du paradis capwellien. Sa main se crispa sur son stylo à bille en or pur – autre cadeau de Kelly :

– A cause de Joe?

– J'ai toujours eu envie de vivre à New York. C'est une ville passionnante. Eden ne veut plus la quitter. Il y a tout ce qu'il n'y a pas ici : théâtres, musées, la mode française. Je m'imagine très bien sur la Cinquième Avenue.

– Attends, Kelly. Je n'irai nulle part sous la contrainte. Ce n'est pas à moi de quitter la région. C'est à Joe Perkins de partir loin d'ici. Il n'est pas question d'avoir l'air de lui céder la place.

– Ne te mets pas en colère, mon chéri.

– Mais si. Je n'ai pas peur de ce type.

Il s'adoucit pourtant :

– Et je veux que ma femme m'aime assez pour ne pas être obligé de me réfugier à New York.

– O.K., Peter. Je n'ai rien dit.

Ce n'était pas tout à fait l'impression de Peter Flint.

CHAPITRE 12

On fêtait le retour de l'enfant prodigue – mais prodige aussi – de Santa Barbara. Cruz Castillo avait été finalement déniché par Veronica chauffant à blanc les lignes téléphoniques des Etats-Unis, faisant appel au vaste réseau des pétroliers et amis de son patron. Un Jet le déposa sur l'aéroport de Los Angeles où un hélicoptère affrété par Capwell l'attendait pour l'emmener directement sur le site en danger. La plate-forme de forage était sur le point de se consumer à son tour. Autour de la gigantesque flamme tournoyait une flottille de bateaux impuissants ainsi qu'un aviso de l'armée qui surveillait le tout. Il ne restait près de l'incendie qu'une équipe minimum de secours, impuissante elle aussi. L'hélicoptère trouva place sur l'aviso d'où une vedette rapide le conduisit au pied de la plate-forme.

Cruz Castillo avait l'habitude de travailler seul. C'était sa grandeur, sa mystique aussi. Il pensait que, solitaire en face du danger, il acquérait une force que la compagnie d'autres hommes risquait d'amoindrir. Bref, le pompier volant atteignait à une sorte d'extase sacrée qui l'amenait effectivement à réaliser des prodiges. D'autres, qui pratiquaient un humour contestable – des jaloux sans doute –, prétendaient qu'il n'était qu'une tête brûlée. Mais Cruz Castillo, avec l'expérience, était devenu un technicien hors pair. Il savait à peu près tout des explosifs salvateurs. Simplement, il avait le culot de les poser là où tout être dans son état normal aurait refusé de le faire.

Ayant revêtu sa combinaison d'amiante, il commença par faire descendre l'équipe restante et, après s'être fait expliquer en détail l'historique de l'incendie, les diverses tentatives pour le neutraliser et quelques précisions concernant la structure qu'il avait étudiée à fond sur plans dans l'hélicoptère, il renvoya les hommes. La vedette ne devait faire que l'aller et retour pour revenir l'attendre. Une demi-heure après, il la renvoya à son tour alors qu'il restait lui-même contre la masse métallique, soutenu par un câble comme un montagnard. Il voulait, avait-il fait comprendre aux marins affolés, s'assurer sur place de l'effet du souffle.

Ce fut spectaculaire. La flamme que faisait trembler un air surchauffé fut soudain remplacée par un énorme champignon noir à la fois détaché et menaçant la grande pyramide de fer. Quelques minutes plus tard, petit bonhomme perdu entre ciel et mer, Cruz Castillo, faisait signe avec un grand étendard de sémaphore. Il fallut monter le chercher. A demi asphyxié, le visage noirci comme un mineur de fond, il se laissa emporter par des mains expertes, mais la flamme vaincue semblait s'être réfugiée dans ses yeux.

C'est dans une confortable chambre de clinique que Joe retrouva son vieux copain. Pour Joe, Cruz n'avait pas changé. Pour Cruz, Joe était toujours le même. Pas question de sordides commérages entre eux. Le pompier tenait le bras du taulard sans la moindre arrière-pensée. Car si Cruz s'y connaissait en feux, il prétendait aussi connaître les hommes. Et il n'avait pas besoin de rapports de police pour être intimement convaincu que Perkins ne pouvait être qu'innocent.

C'est ainsi que Joe trouva enfin un véritable allié à Santa Barbara.

Son feu éteint, Capwell prit conscience avec déplaisir que l'incendie menaçait ailleurs. Ce n'était pas tant Minx, la vieille folle d'à côté, qui le menaçait maintenant de mener une campagne écologique pour avoir, disait-elle, pollué la mer avec cet accident. Tout le monde savait, à Santa Barbara, qu'elle en voulait surtout à sa fortune, à sa carrière de grand Américain. De toute façon, pensait-il, l'écologie était un luxe de petit pays. La puissance du sien passait nécessairement par quelques conflits avec la nature.

Ce n'était pas Kelly, dont il n'était plus le seul à s'occuper. Encore moins Eden, envoyant régulièrement des missives enthousiastes de Greenwich Village. Pour Santana, il était plus perplexe. Jusqu'à quand pourra-t-il la priver de son enfant? Mais Gina, dans ce cas, que lui dire? L'urgence, pourtant, restait Mason.

L'humeur de son grand dadais de fils quittant l'autre jour la table l'avait à la fois chagriné et surpris. Comme s'il venait de lui découvrir du caractère. Puis Mason était venu naturellement s'excuser le lendemain tout en assortissant cet acte de filiale soumission d'une nouvelle révolte. Il prétendait ne plus vouloir faire une carrière politique.

Capwell n'avait alors pas trop relevé ce qu'il considérait comme une rebuffade sans lendemain. Mason était déjà engagé sur cette voie. Ne venait-il pas d'organiser le colloque des gouverneurs auquel, il est vrai, il tenait peut-être plus que son fils. Et puis, quand Mason lui avait fait cette déclaration, il était très préoccupé par l'incident d'extraction. Maintenant que le danger était écarté grâce à ce génial Cruz Castillo, il désirait en savoir plus sur les véritables intentions de Mason.

Ils allèrent dîner entre hommes à Goleta, en dehors de la ville. Le restaurant était mexicain, néanmoins de bonne qualité. Et, surtout, ils y seraient tranquilles. Entre un poisson exquis et une coupe de fruits exotiques, il attaqua :

– Alors, Mason, c'est bien vrai que tu as décidé de ne plus faire de carrière politique?

– C'est bien vrai.

– Tu aurais pu au moins me consulter avant de prendre cette décision.

– Je connaissais à l'avance ton sentiment.

– Ce n'est pas un sentiment, Mason. Ce sont des raisons, Historiques même, mon fils. Tu veux m'écouter?

Mason faillit dire non. Il s'ennuyait déjà à voir défiler ce vieux film de Ford avec ses héros, ses ancêtres, ses conquérants du Nouveau Monde, ses pionniers du grand Ouest et l'inextinguible devoir de reconnaissance de toutes les générations à venir. Dont la sienne, bien entendu. Mais la sienne avait aussi entendu parler de la Dépression, d'Al Capone, du maccartysme, du meurtre de Kennedy, même du génocide des Indiens et de la guerre du Vietnam. Son père, décidément, n'était pas un père, mais une sorte d'arrière-grand-père sorti de son cadre de bois. Il ne lui manquait plus que la barbiche à la Lincoln. Il est vrai aussi, reconnaissait honnêtement Mason, que la force remarquable de son père passait essentiellement par ces racines directement enfouies dans le sol primitif des Etats-Unis. Il était tout à fait prêt à le reconnaître et à le respecter. Simplement, lui, il n'était pas ainsi.

Donc il ne dit pas non, mais oui.

– Nos ancêtres, commença évidemment son grand homme de père, sont venus en Amérique après avoir quitté l'Angleterre. Ce n'étaient pas des gens aisés.

Ils avaient très peu d'argent et guère plus d'instruction. Ils n'avaient que leur courage. On a conservé un journal tenu par les Capwell, les premiers Capwell américains. Il y est question d'un long voyage, depuis Philadelphie jusqu'à San Francisco. Ils ont perdu deux enfants durant ce voyage interminable.

– Oui, je sais, dit simplement Mason qui savait aussi que cette relique allait lui revenir. Son droit d'aînesse, quoi.

– L'important, Mason, c'est de savoir toujours bien apprécier le prix de ces sacrifices.

« Voilà, se dit Mason. C'est exactement cela. Mon père est vraiment l'un des derniers Américains dont le téléphone personnel est encore branché sur le XIXe siècle. C'est exactement cela : il invente en permanence un pays qui n'existe plus. Il continue de planter des vignes ou de labourer la mer avec ses derricks comme les paysans d'alors défrichaient les forêts et faisaient pousser leur blé. Et le pays d'aujourd'hui continue de se laisser faire. Ça marche... »

– Oui, dit-il à haute voix.

– Je veux simplement te rappeler ce qu'a été le dur passé des Capwell. Dans le journal, il y a cette phrase : « Nous ferons tout ce qui sera nécessaire. » C'est devenu pour moi une sorte de maxime. J'aimerais qu'elle reste dans la famille. Et chaque génération imprime sa marque. Ne veux-tu pas ouvrir de nouveaux chemins, Mason?

– Tu veux dire : pour la famille?

– Exactement. Il y a une autre maxime qui me gouverne. Elle dit ceci : « Tu donneras aux générations futures ce que les générations passées t'ont donné. » Qu'en penses-tu?

– Je ne peux pas te répondre, papa. Je n'en sais rien. J'ai suivi de bonnes études, fait Harvard, une licence de droit, ensuite ton entreprise et la politique. Je pense avoir déjà fait honneur à la famille. Je n'ai pas du tout envie d'être à la direction de ce pays, pas même de cet Etat. Il doit bien y avoir d'autres solutions pour moi s'il faut « ouvrir de nouveaux chemins »...

– Réfléchis bien, Mason. Tu vas être obligé de tout reprendre de zéro.

« Tout reprendre de zéro », conclut Mason pour lui-même. Comme si c'était facile quand on était un Capwell !

C'est pourtant bien ce que faisait Joe. Mais Joe, heureusement, n'était pas un Capwell. Tout juste un Perkins, à en croire son père. Or, même ainsi facilité, le redémarrage du jeune homme prenait du temps. Joe Perkins en était toujours à tâtonner entre son énigmatique conseiller et son hôtesse de la « Petite Catalogne » dont l'accueil chaleureux le préoccupait plus qu'il ne le troublait. Il n'avait pas revu Kelly depuis la sinistre soirée terminée à la sagaie, sauf pour assister avec elle en même temps que cinquante personnes au réveil de Peter sur le terrain de polo. Aucun récépissé non plus à son colis de lettres. Mais Cruz, avec son sourire de gamin dans un visage de dur de cinéma, avait été tout de même une sacrée belle éclaircie dans le brouillard ambiant. C'était d'ailleurs amusant de penser qu'il était en train d'être cajolé par la famille qui faisait tout pour le rendre fou, lui. L'un et l'autre avaient pourtant poussé sur le même banc de la même école, plus à coups de bagarres que de vertus proprement studieuses, il est vrai. On les appelait « les inséparables ». Ils se prenaient pour d'éminents justiciers. Et voilà ! L'un avait réussi, l'autre pas.

Tandis que Cruz se laissait bichonner par Capwell, Joe tentait, une fois de plus, de percer le mystère de ses actes. Il avait reçu un télégramme, bien entendu sibyllin, comme tout ce qui lui arrivait. On lui disait d'aller le jour même, à onze heures trente du matin, au 165, North Mountain Drive. Il y avait un « D » en guise de signature. D, comme Dominique, évidemment. Ce n'était pas le plus obscur du message. Mais comme il prenait doucement l'habitude d'avancer comme un aveugle, il décida de s'y rendre. Peut-être en était-ce fini de l'anonymat de Dominique et qu'il allait savoir à qui il devrait son retour à peu près inéluctable en prison quand il se fera piéger lors de sa prochaine visite nocturne à la villa Capwell.

North Mountain Drive, c'était de l'autre côté des collines. Il avait tout juste le temps de s'y rendre. Il ne voyait pas bien ce qui pouvait occuper ce 165, car c'était déjà plus ou moins la campagne.

Effectivement, des champs de maïs prêt à être moissonné crissaient à l'infini. Une pente plus douce que celle de la mer s'enfonçait loin, très loin à l'horizon. Le 165, North Mountain Drive devait être cette enclave peuplée de deux ou trois bâtiments, sorte d'oasis verte dans le jaune pâle environnant. Joe se souvint alors que c'était un haras. Sa passion des chevaux s'arrêtait à peu près aux accidents de Peter Flint, mais nul, à Santa Barbara, pas même lui, ne pouvait ignorer ce sport régional dont le jeune Channing... Mais cela était une autre histoire. Enfin, si l'on veut. Et Joe pensa que même les champs de maïs lui révélaient Channing Junior. C'était décidément un mort très encombrant.

Il posa son vélo contre le mur d'un bâtiment et s'apprêtait à inspecter les lieux quand une silhouette à l'évidence féminine tournait le coin d'un autre. Son cœur autant que ses yeux lui dirent que c'était Kelly.

La jeune fille marchait vite et allait rejoindre, un peu plus loin, sa voiture. Il fallait qu'il l'appelle. Il le fit.

La silhouette interpellée marqua un arrêt, une

hésitation puis un sursaut. Joe sentit qu'elle allait disparaître. Il héla Kelly de nouveau et courut dans sa direction.

La jeune fille faisait mine de partir, mais elle était toujours là. L'air furieux, il est vrai :

– N'approche pas. Tu m'as tendu un piège.

Quel piège? Joe ne comprenait pas.

– Non, Kelly, je t'assure...

– On m'a dit qu'il y avait un cheval à vendre. Un pur-sang. Personne n'est au courant ici. C'est donc toi qui as imaginé ce piège.

– Non, pas du tout. J'ai reçu un télégramme me recommandant de venir ici à onze heures trente précises.

Kelly le regarda avec ennui, puis haussa les épaules :

– Ecoute, je ne comprends rien à toute cette histoire. De toute façon, je n'ai rien à te dire. Au revoir, Joe.

– Kelly, écoute. Ce rendez-vous a été arrangé. Pas par moi. Mais je l'aurais fait si j'en avais eu l'idée. Moi, j'ai à te parler, Kelly.

– Tu l'as déjà fait.

– On a voulu mettre le feu à la maison de mes parents.

– Je sais. C'est lamentable et ridicule.

– Je cherche la vérité, Kelly.

Il criait presque en disant cela. Il s'était promis d'être calme mais la passion l'emportait toujours. Résultat : il fit peur à la jeune fille :

– Ne t'approche pas, Joe. Ou je m'en vais.

– N'aie pas peur. Voilà : je veux dire que je cherche la vérité et qu'un certain nombre de gens, à Santa Barbara, font tout pour que je ne la découvre pas. Et certains de ces gens sont très proches de toi.

– C'est faux, Joe. Tu as tué Channing. Il est normal que les Capwell ne soient pas tes amis.

– Je n'ai pas tué Channing. C'est ce que j'essaie de t'expliquer. Quand je suis entré dans la pièce, il était déjà mort.

– Je t'ai vu, avec un revolver. Ce revolver que l'on n'a jamais retrouvé. Joe, on ne va pas éternellement refaire ton procès. Tu as été jugé, condamné et tu as expié. Pour ma part, on est quittes. Tu es un libre citoyen, mais tu es devenu un étranger pour moi. Comment veux-tu qu'il en soit autrement?

Le crissement du maïs envahissait ses oreilles comme une musique sardonique. Un bref hennissement suivi de la bourrade sourde d'un sabot contre une porte des écuries lui parvinrent comme une moquerie. A quoi lui servait ce besoin permanent de se disculper auprès de Kelly, sourde, lointaine, infranchissable? D'ailleurs, n'avait-elle pas raison? Quand bien même il parviendrait à justifier son innocence, comment arriverait-il à retraverser ces cinq années de séparation, à repousser Peter et ses manœuvres? Kelly n'allait-elle pas se marier bientôt avec lui? Joe n'avait pas de réponse, aucune argumentation. Il n'avait qu'un mot, qu'il croyait magique, une seule supplication :

– Je t'aime, lui dit-il.

– Joe, je vais me marier avec Peter. Ensuite, nous partirons vivre à New York. C'est inutile de chercher à me revoir.

– A New York? Cela m'étonnerait.

– Et pourquoi?

– Parce que Peter épouse la fortune Capwell, pas la bohème new-yorkaise.

– Tu deviens grossier.

– Je suis malheureux.

– A qui la faute?

La sortie était vive. Kelly n'avait pas le choix. Elle se hâta vers sa voiture, moins indignée que troublée. Elle claqua sa portière en pensant à Peter. C'est vrai qu'il ne voulait pas aller à New York.

CHAPITRE 13

– UNE dame demande à être reçue par vous, monsieur Flint.

Peter consulta sa montre. Il était encore bien tôt pour que ce soit Kelly. Lui, il avait gardé cette habitude d'enseignant de commencer la journée de bonne heure. Quand il parquait sa Maserati, généralement l'équipe de jour n'avait pas encore remplacé l'équipe de nuit. Le palace s'éveillait à peine et il ne croisait pas grand monde en regagnant son bureau du rez-de-chaussée. Mais il aimait cette quasi-solitude, cette sensation d'être le capitaine d'un grand bateau silencieux sur lequel il veillait. En fait, il rêvassait devant les marines accrochées aux murs et une quantité de vrai travail de plus en plus dérisoire favorisait largement ce type d'occupation. Il était tout de même là, ponctuel et disponible.

Il appela la réception :

– Cette dame, ce n'est pas Mlle Capwell?

– Non, non, monsieur. Je crois que c'est Mrs. Lockridge.

– Mais enfin, vous ne pouviez pas me le dire?

Décidément, cette standardiste de nuit n'était pas dégourdie.

– Elle ne m'a pas donné son nom, monsieur. J'ai cru la reconnaître, c'est tout. Je lui ai indiqué où était votre bureau.

Effectivement, on frappait. C'était bien Augusta Lockridge.

La surprise de Peter était totale. Depuis qu'il tentait de rejoindre le camp Capwell, il faisait tout pour éviter Augusta. La retrouver là, un beau matin, au milieu d'un hôtel Capwell, était une sorte d'anachronisme monstrueux dans la vie sociale très codée de Santa Barbara. C'était aussi une provocation tout à fait dans le style de la voisine de son beau-père. A bien y réfléchir, pourtant, se dit Peter, cette démarche périlleuse devait répondre à une nécessité impérieuse. Il aurait pu, plus ou moins courtoisement, prétexter un manque de temps. Il pensa qu'il valait mieux l'écouter. Il lui indiqua un siège.

– Vous avez là un bien joli bureau, Peter. A moins qu'il ne faille dire maintenant monsieur le directeur?

– Peter suffira, Augusta. A moins qu'il ne faille dire Mistress Lockridge?

– Vous avez de la repartie, Peter. On se connaît depuis assez longtemps, n'est-ce pas?

– Exact, Augusta.

– Mais... assez mal.

– Encore exact.

– Vous avez fait du chemin depuis que vous étiez le professeur préféré de mon cher Warren. J'ai appris que vous étiez fiancé à la fille Capwell.

– Kelly Capwell. Qu'est-ce qui me vaut l'honneur?...

– Oh! une vieille histoire de cette Kelly Capwell. Un certain Joe... Joe Perkins, vous connaissez?

– On dit qu'il est votre jardinier. On dit aussi...

– Justement.

– Justement quoi?

Augusta ôta avec une majestueuse lenteur ses gants qu'elle posa ostensiblement sur le bureau. Elle se cala un peu mieux dans le petit fauteuil bas, croisa ses jambes qu'elle avait superbes :

– Justement, je vous le livre.
– Mais je n'en veux pas!
– Je voulais dire : je vous en débarrasse.

Peter n'était plus surpris. Il était médusé. Il était de notoriété publique, dans la haute ville, qu'Augusta Lockridge avait été la planche de salut de ce petit voyou qui avait assassiné le fils Capwell. On savait qu'elle aimait les beaux garçons. Mais, connaissant sa brouille avec ses voisins, on avait surtout pris cela pour un colossal pied de nez aux Capwell. C'était aussi l'analyse de la famille de Kelly. Et voilà que la planche de salut s'avérait complètement pourrie.

Si Augusta fait cette proposition, réfléchit Peter, c'est qu'elle a un besoin pressant de quelque chose. Veut-elle renouer une alliance avec les Capwell? Peter avait entendu parler d'un litige possible à propos d'un terrain que son beau-père convoitait. Dans ce cas, le cadeau de Joe Perkins était tout de même un peu gros. L'enquête que prétendait mener le garçon était-elle à même de gêner Augusta Lockridge? Mais pourquoi? Et, dans ce cas, pourquoi cette visite? Si elle avait un moyen d'éloigner Joe, elle n'avait pas besoin de son aide à lui, ni même de raison de lui en parler. Peter envisagea le pire : l'argent. Augusta, c'était connu, avait besoin d'argent. Mais c'était vraiment sordide. Il posa tout de même la question, à tout hasard, comme une gifle :

– Combien?

Comme une balle de ping-pong qui revient à toute vitesse, il eut immédiatement une réponse. Il n'en revenait pas. Augusta avait dit :

– Cent mille dollars.
– Mais je ne les ai pas, s'entendit-il répondre à son tour.
– Votre futur beau-père les a.
– Alors, demandez-les-lui!

– Non, vous! Vous avez presque plus intérêt que lui à ce que ça marche. Vous le savez bien, Peter Flint.

Le soir même, Augusta Lockridge recevait un appel téléphonique de la villa Capwell. On lui fit part d'une contre-proposition à cinquante mille dollars. Elle accepta.

Joe Perkins avait reçu un autre télégramme. « D », cette fois, lui donnait rendez-vous aux docks, comme la première fois. Si les docks n'apparaissaient pas dans le texte, la notion de première fois était suffisamment explicite. Il y avait aussi une heure : minuit. Joe en conclut que c'était pour le jour même.

Cette fois, Dominique n'avait pas quitté sa moto. Simplement, le moteur en avait été arrêté. Joe fut brutalement aveuglé en arrivant sur le quai sombre. Dominique venait d'allumer le phare de son engin et lui intimait l'ordre de ne plus avancer. Joe avait très envie de se fâcher :

– Ce cirque va durer encore longtemps?

– C'est dans notre intérêt à tous les deux, fit remarquer calmement la voix, toujours un peu trop haute. Ou un peu trop basse.

– C'était vous, le haras?

– C'était moi.

– Merci.

– Ne me remerciez pas. Nous aurons aussi besoin de Kelly. Je ne m'occupe pas de vos peines de cœur. Uniquement de l'enquête. Dans trois jours Channing Capwell donne une réception sur son yacht. Il y aura toute sa famille, donc la villa sera à peu près vide. C'est l'occasion que nous attendions. Quand je partirai, vous trouverez sous une pierre, à cette place où je vous parle, un plan complet du système d'alarme. Vous vous étiez spécialisé dans l'électronique il y a cinq ans. Cela ne doit pas trop vous poser de problèmes. Il faut que vous entriez dans la chambre du jeune Channing. Enfin, son ancienne chambre. Par la fenêtre, s'il le faut. Et là, vous récupérez le maximum de choses qui peuvent vous paraître intéressantes.

– Quoi, par exemple?

– N'importe quoi. Je ne sais pas. Des photos, des lettres... Pas les coussins, évidemment. Donc, dans trois jours. Entre vingt heures et vingt-trois heures vous serez tranquille. Nous, on se retrouve le jour suivant, à minuit, ici même. Bonne chance, Joe Perkins.

La moto pétarada. Le casque blanc mourut dans la nuit. Joe souleva la pierre.

En fin d'après-midi, Augusta avait bien vu que la grande échelle avait changé de place. Elle l'avait aperçue, mal dissimulée dans l'herbe, couchée le long du mur mitoyen. Joe était nerveux, s'éternisait dans la maison à bricoler elle ne savait quoi. A vingt heures, comme il était toujours là, elle le retint à dîner entre Minx et Laken. Il ne fut guère bavard. A vingt et une heures, comme il prenait congé, elle se glissa discrètement à sa suite dans le jardin. Elle entendit grincer la grille, le hoquet métallique quand on la referme. Mais elle savait que Joe était resté à l'intérieur. Quelques minutes plus tard, elle entrevit au loin, dans la pâle luminosité lunaire, au bout de la propriété, la grande échelle se lever. Joe n'avait fait aucun bruit. Il y avait quelque chose de féerique dans le spectacle de ce grand chat faisant le mur comme un vulgaire bidasse. Comment allait-il faire pour se réceptionner de l'autre côté? Un craquement de branches lui fournit un élément de réponse. Le bidasse se transformait en Tarzan.

Dans son épouvantable traîtrise, Augusta décida de se montrer sportive. Elle accorda à Joe une demi-heure. Puis elle appela la villa. Philip mit du temps pour répondre. Ses patrons n'étaient pas là. Elle lui conseilla de les avertir dare-dare, où qu'ils soient : un homme s'était introduit chez eux. Qui? Elle ne savait pas. Qui elle était, elle? Ah bon! Ça, elle ne le disait pas!

Joe n'eut aucun mal à localiser la fenêtre de la chambre de Channing. Il connaissait bien la maison. Elle était assez basse pour qu'il puisse y parvenir à la faveur d'un bon rétablissement. Un carré tracé sur une vitre avec une pointe de diamant, un petit coup sec et la main enfoncée doucement, bien protégée par un épais chiffon, devrait suffire pour atteindre et débloquer l'espagnolette. Pendant qu'il réalisait ce petit travail, le jeune homme songeait avec inquiétude à la manière dont il quitterait les lieux. Cette fois, il n'avait pas d'échelle. Peut-être qu'avec le circuit électrique de la sécurité, qu'il s'était empressé de neutraliser, il pourrait faire fonctionner le portillon de la rue. Mais il n'en était pas tout à fait certain.

L'air de la chambre était évidemment à peine respirable. Une couche de poussière grisâtre recouvrait tout comme un linceul. On était bien dans une chambre mortuaire. Les ordres du vieux Capwell avaient été respectés. Personne, depuis longtemps, n'était entré ici.

Son regard glissa sur un décor qui n'avait rien d'extravagant pour une chambre de garçon. Des objets classiques : une mini-chaîne, des posters au mur, une cravache laissée sur une chaise. Dominique avait parlé de lettres, de photographies. Il se sentait un peu honteux, mais il prit le parti de tirer les tiroirs d'une commode, d'ouvrir l'armoire. Il mit la main sur un cahier qui se révéla être le journal de Channing. Une bonne prise. Puis il trouva une lettre dans un livre, quelques photos dont une de Kelly. La sonnerie de téléphone le fit tressaillir. Il resta immobile à attendre qu'elle s'arrête. Le silence revint après un temps qui lui parut interminable. Il reprit son inspection, rassuré. Au moins, il était sûr qu'il n'y avait personne à la villa.

A moins que... Car la sonnerie était lointaine. Quelqu'un aurait pu décrocher sans qu'il entende un mot de la conversation. Le doute l'assaillit. Il décida d'effectuer une retraite prudente.

Repassant par la fenêtre, il courut vers le petit local où se trouvait la commande du système d'alarme qu'il avait déconnecté. Ce local était dans le dernier bâtiment près de la grille. Une nouvelle fois, il en poussa la porte en se demandant bien pourquoi elle n'était pas fermée à clef. Ne pas condamner l'accès à un tel lieu relevait d'une curieuse conception de la sécurité. Ce n'était vraiment pas la peine d'y déposer ce fouillis sophistiqué de fils et de commutations compliquées. Il cherchait l'accès électronique au portillon quand il entendit une voiture arriver puis freiner devant la propriété. Il n'avait pas à hésiter. Il fila.

Pour aller où?

Il ne pouvait pas repasser le mur d'Augusta sans l'inspecter auparavant. Or, il fallait qu'il se cache immédiatement. Seule la maison pouvait le masquer provisoirement aux gens qui ne tarderaient pas d'entrer dans la propriété. On sonnait déjà à la grille quand il atteignit le bâtiment. Il le contourna et se posta derrière. La sonnette de l'entrée était de plus en plus impérative. Il entendit un éclat de voix dans la villa, puis un homme sortit. Il reconnut Philip.

Joe vérifiait ainsi, à son grand désespoir, que la maison n'était pas déserte, que le téléphone avait bien été décroché tout à l'heure. Si Philip se hâtait ainsi, comme s'il avait peur, vers la grille, ce devait être parce qu'il avait détraqué toutes les commandes, que l'on ne pouvait plus l'ouvrir électriquement. Mais comme on ne pouvait pas non plus l'ouvrir manuellement – il l'avait vérifié –, les visiteurs devaient attendre. Cela lui donnait un sursis. Très court sans doute mais peut-être suffisant pour résoudre le problème du mur. Il allait s'y précipiter quand une seconde mauvaise surprise l'arrêta dans son élan : on venait d'ouvrir une fenêtre de la maison.

Décidément, Dominique n'était pas si bien informé. Il fit trois pas de chat et tendit le cou vers la fenêtre bousculée. Et il reconnut Cruz. Cruz Castillo! Son vieux copain! Son sauveur?

Il le héla dans un souffle. Une fois, deux fois. Cruz se pencha :

– Qu'est-ce que c'est?

– Chuttt! Cruz. C'est moi, Joe.

– Qu'est-ce que tu fous là?

– Je te raconterai. Il faut me cacher.

Cruz n'était pas du genre à hésiter :

– Grimpe. Je suis au second.

Dans sa reconnaissance de milliardaire à qui l'on vient de sauver un de ses meubles, mais aussi parce que Cruz Castillo représentait, dans son esprit, une jeune Amérique courageuse et combative, Capwell Senior avait décidé de prendre sous son aile protectrice le jeune homme. Dans un premier temps, il lui avait fait quitter la clinique et l'avait installé chez lui. Cruz occupait ainsi l'une des dix chambres d'amis de la villa Capwell. Joe lui expliqua sa randonnée nocturne. L'autre que c'étaient les flics qui étaient à la grille. Et que Capwell et toute la tribu n'étaient sans doute pas très loin non plus...

Le lendemain, Joe n'eut pas à retourner en prison. Mais il reprit le chemin de chez Augusta Lockridge, ce qui était pire.

Cruz l'avait gardé toute la nuit, tout en participant de la voix et du geste – surtout de la voix – à la fouille minutieuse de la propriété. Il s'extasia avec les autres devant le carreau cassé de la chambre de Channing et aida Mr. Capwell à retrouver la clef de la pièce condamnée. C'est que Philip avait fini par réussir à ouvrir le portillon récalcitrant aux policiers fulminants et à Capwell très en colère. Mais, pour cela, il lui avait fallu revenir dans la villa prendre un passe spécial prévu par le constructeur d'alarmes en cas de coinçage absolu du système. Et Joe avait bien travaillé.

Le calme revenu, c'est-à-dire au petit matin, Cruz et son camarade avaient échangé quelques avis sur la manière de conduire leur propre enquête sur le meurtre mystérieux du jeune prodige Capwell. Ils avaient feuilleté ensemble le journal de Channing. Les « inséparables » s'étaient reconstitués. Cruz se sentait un cœur de douze ans. Il était de nouveau un « éminent justicier ».

A huit heures, ils passaient la grille du parc que personne ne pouvait plus refermer maintenant. L'un au volant, l'autre dans le coffre.

Quand Joe arriva chez sa patronne, il vit tout de suite que l'échelle n'était plus contre le mur. Augusta lui en parla un peu plus tard sur un ton presque badin :

– Au fait, Joe, j'ai eu besoin de l'échelle. C'est inutile, tu sais, de vouloir refaire le mur des Capwell. Il est aussi solide que celui de Berlin.

Ce soir-là, Augusta envoya Laken au cinéma, et ils firent l'amour.

Au fond, elle était contente que son chat ne soit pas tombé dans sa souricière. Elle en avait presque oublié les cinquante mille dollars perdus.

A onze heures, Joe la quitta. Il avait rendez-vous avec Dominique. Son conseiller particulier avait peut-être une idée sur l'auteur du coup de téléphone anonyme...

CHAPITRE 14

– QUOI?

Ted ne comprenait rien. Il regardait l'appareil avec hostilité et résignation. C'était chaque fois la même chose quand Laken l'appelait. Et il avait beau savoir que sa copine, elle, l'entendait parfaitement bien, il ne pouvait pas s'empêcher de hurler comme un sourd convaincu que les milliards d'oreilles de la planète étaient aussi peu réceptives que les siennes. Il braillait donc des « je t'aime », « tu me manques », « t'es ma douce fleur de prairie » et autres cajoleries dont tous les tympans normaux du voisinage profitaient. Y compris ceux de Dany, évidemment, qui n'aurait pas raté le spectacle même pour une nouvelle glissade dans le ciel hollywoodien.

Il posa sa grande main sur le téléphone vétuste comme s'il voulait l'étrangler :

– Laken, répète, s'il te plaît. Tu disais que ta mère faisait quoi?

– ...

– Quoi? Elle couche avec qui?

– ...

– Qui?

– ...

– Joe? Joe Perkins?

– ...

Le message suivant de Laken lui parut encore plus

embrouillé, notamment parce qu'il était beaucoup plus long. Il n'y avait pas que l'appareillage, il y avait aussi la voix de Laken, tendue, anormalement aiguë, qui ne simplifiait pas la communication. Ted parvint cependant à voler quelques mots au passage et, par comparaisons et recoupements, recomposa l'essentiel. Il était fou de joie :

– C'est vrai, Laken? Allô, allô, Laken... C'est vrai? Tu viens?

Elle arrivait. Le soir même. Une dispute avec sa mère, à propos de Joe Perkins. Elle quittait la maison. Laken, enfin, se révoltait!

Il se tourna vers Dany. Mais Dany, c'est vrai, n'était pas encore rentré. C'était bien la première fois qu'il ne l'avait pas dans les pattes quand il téléphonait. Il frappa à la porte de Jade. Un « ouais » rigolard le précipita dans la pièce voisine où la future star essayait différents coloris de vernis à ongles verts. Bien que très énervé, il tomba en arrêt devant les fioles imprudemment alignées au bord du lavabo :

– Tu ne vas pas mettre ça?

– T'occupe. C'est pour mon prochain film

– Ecoute, Jade. Laken arrive ce soir. Elle est furieuse parce que sa mère couche avec ton frère. Qu'est-ce que tu penses de ça?

Il se sentait très énervé. Jade l'énervait. Assise au bord du lit, elle continuait de se mettre ce vert dégoûtant sur les ongles comme s'il n'était pas là. En plus, elle tardait à lui répondre. Sûrement exprès. La vie devenait effroyablement compliquée dans ce réduit. Et ils allaient être quatre!

– Alors? Tu as bien une idée?

– Je pense qu'elle a bien raison.

– Qui? Laken?

– Non. Augusta. Mon frère est joli garçon.

– Bon. Mais Laken?

– Laken, c'est ma meilleure copine, figure-toi.

– D'accord. Mais on la met où?
– Tu n'as pas une petite idée?
Bien sûr qu'il avait sa petite idée. Jade l'énervait de plus en plus. Le problème était qu'il n'y avait que deux lits dans ce minable appartement, qu'elle en occupait un et que Dany et lui se calaient comme ils pouvaient sur l'autre. Tout ça parce qu'ils se faisaient la gueule depuis dix jours. Et Jade qui faisait semblant de ne pas comprendre :
– Bon, alors tu nous laisses ta chambre?
– D'accord. Et qu'est-ce qu'on fait de Dany?
– Dany, c'est pas mon problème.
– C'est pas le mien non plus.
Ted consulta sa montre. On tournait déjà en rond et le bus de Laken arrivait dans trois heures à peine. Il n'y avait plus qu'à attendre le retour de Dany. Ce qui n'était pas non plus une solution.

A minuit pile, Joe était au carrefour Anacapa, leur rendez-vous habituel. Comme la dernière fois, la vive lumière d'un phare explosa dans la nuit tandis qu'il s'approchait du bâtiment de la Compagnie des Iles. Il tenait à la main son butin qu'il avait mis à l'abri d'une grande enveloppe. Il questionna :
– Comment je fais?
La silhouette à califourchon, quasiment invisible derrière sa protection lumineuse, émit son avis d'une voix qui, une fois de plus, éveilla la curiosité du jeune homme :
– Approchez, et tendez-moi l'enveloppe.
Joe calcula que cette manœuvre ne lui dévoilerait rien de son interlocuteur. Le phare était trop puissant. Il prit le parti de désobéir et jeta l'enveloppe contre la roue avant de la moto. La silhouette invisible réagit :
– Il faut faire ce que je vous demande, Joe Per-

kins. Sinon, je disparais et vous redeviendrez très seul. Maintenant, ne bougez plus.

C'est ce qu'il voulait. Il devina, plus qu'il ne le distingua vraiment, le motard quitter sa machine, la caler, se pencher, ramasser l'enveloppe. Rien de précis, mais les mouvements, leur dynamique, la masse même une seconde dissociée de l'engin lui soufflaient que cette présence humaine avait quelque chose de féminin, ou de très jeune. Il essaya :

– Vous êtes une femme, n'est-ce pas?

Un cliquetis. Le moteur de l'engin gronda, se calma :

– Il faut que j'étudie ces documents. Je vous téléphonerai.

– Attendez, Dominique. J'ai besoin de votre avis.

– Vous voyez bien...

Le moteur était toujours en marche, faussant le son qui lui parvenait.

– J'ai failli être pris chez les Capwell. Quelqu'un a téléphoné pour dire que j'y étais. Un appel anonyme. Vous auriez une idée?

– Racontez-moi comment vous avez fait pour entrer. Et pour sortir indemne.

Il lui parla du mur de la « Petite Catalogne », de l'échelle, de son copain Cruz.

– Alors, il n'y a aucun doute possible.

– C'est-à-dire?

– Augusta Lockridge.

Evidemment, Joe y avait pensé aussi. Mais c'était impossible. Il répéta :

– Mais c'est impossible!

– Tout est possible, Joe Perkins. Surtout à Santa Barbara...

Augusta était ainsi. Il y a des êtres comme elle, même autre part qu'à Santa Barbara. Des surdoués de l'amoralisme. La morale, certes, elle connaissait. En bonne mère de souche puritaine, elle l'appliquait à son entourage, à sa fille en particulier. Mais c'était la caricature de la morale qui la tarabustait. La morale tout court, qui fait que l'on arrive bon an mal an à vivre les uns avec les autres, et d'abord avec soi-même, avec le respect de soi-même, était en revanche inconnue de la dame de la « Petite Catalogne ». Le fait qu'elle trouvait du plaisir à coucher avec un jeune et vigoureux taulard n'engageait qu'un corps que, de toute façon, elle méprisait vaguement. Ce garçon était un bel objet que, sans le moindre remords, elle pouvait échanger contre un autre objet, plus beau encore. Par exemple, cent mille dollars.

Lionel, son mari, lui ressemblait tellement qu'il était maintenant à l'autre bout du monde. Mais elle avait eu le temps de l'étudier. Notamment de le voir croquer la fortune des Stanton, sa fortune à elle, tout en la couvrant de baisers. Ayant détourné à son profit cette expérience, elle avait appris à séparer ses actes. Un jeune amant était un jeune amant. Et les affaires étaient les affaires.

En outre, il y avait Warren. Joe Perkins, qu'elle s'attachait d'une main et vendait de l'autre, était peut-être un danger pour son fils. Joe était intelligent. Elle s'en était vite rendu compte. S'il persistait à fouiller dans le linge sale de Santa Barbara – et qui donc n'en avait pas dans cette ville? se demandait-elle souvent –, il risquait de trouver une pièce lui appartenant. Or, Warren, qui faisait le bêta sur la plage avec son maillot olympique de sauveteur, devait bien savoir quelque chose sur le meurtre du jeune Capwell. Depuis cette époque, quand la mère et le fils se rencontraient, ce qui n'arrivait pas tous les jours, leurs conversations étaient prudentes. Pourtant, Augusta soupçonnait fort Warren d'avoir fourré son nez un peu trop près de la villa Capwell. Elle en saurait plus un jour. Pour le moment, il s'agissait de le protéger. Elle était ainsi : une amoureuse lamentable mais une louve pour ses enfants. Nul n'est parfait. Nul n'est complètement imparfait non plus.

Santana Andrade n'avait pas eu l'occasion d'être une louve. A peine celle d'être une amoureuse. Depuis quelque temps, elle traînait sa réussite professionnelle comme un boulet. Malgré contrats et succès qui s'accumulaient, elle se sentait vacante. Mason Capwell, remis de son chili con carne, avait repris autour d'elle sa farandole d'enfant gâté. Elle ne trouvait même plus cela drôle. Plus il dansait sa parade nuptiale, plus il devenait transparent, indécent. Il lui faisait de plus en plus l'effet d'un gourmand végétant petitement sur un tronc puissant. Malgré ses diplômes, il n'avait pas d'envergure. Seul le sigle Capwell le maintenait à la surface. Le rocher paternel avait vraiment accouché d'un tout petit caillou.

Le père, celui-là, elle lui en voulait. Mais comme on peut en vouloir à un tronc de chêne centenaire, ou à un rocher défiant le flux et le reflux de l'océan. C'est-à-dire respectueusement. Mieux : admirativement. La résistance de Channing Senior l'avait rejetée dans une solitude encore plus grande. Cette volonté massive qui s'opposait à la sienne lui paraissait incontournable. En même temps, savoir que le destin de son enfant était soumis à cette volonté-là la tranquillisait en partie. Elle tentait de vivre ce paradoxe. Et ce n'était pas facile. Son désir ne s'était pas émoussé, mais son agressivité avait faibli. Comme si son instinct lui commandait de patienter dans la mesure où elle sentait le fruit de sa chair à l'abri de tout danger.

Elle se répétait toutes ces choses en caracolant sur des petits sentiers difficiles à quelques miles de Santa

Barbara. Elle avait emprunté un cheval de randonnée à l'écurie des Capwell et était partie pour une promenade solitaire en fin d'après-midi. Prenant conscience qu'elle s'était peut-être trop éloignée, la jeune femme décida de faire demi-tour. Santana n'était pas une cavalière émérite. La manœuvre ne fut pas parfaite, mais elle la réussit. Et puis il y eut ce serpent. Sans doute une grasse et inoffensive couleuvre. Mais ce barrage ondulant au milieu du chemin la terrifia. Elle se crispa sur sa monture qui, doublement affolée, se cabra, rebroussa chemin et s'enfuit au galop, ayant entre-temps, et sans ménagement, laissé choir la cavalière près du serpent.

Revendiquant sa part de couardise, le reptile disparut dans les herbes. Santana était complètement abandonnée. Il ne lui restait plus qu'à marcher jusqu'au premier indice de civilisation. La solution était simple. Encore fallait-il deux jambes pour la mettre en pratique. Or la jeune femme s'aperçut que l'une des deux siennes ne voulait plus la porter. Elle n'avait plus de solution. Et Santa Barbara lui parut loin, très loin.

Ce fut Capwell qu'on informa en premier. Le cheval de Mlle Andrade venait de rentrer. Il était seul et recouvert d'écume blanche. La nuit était tombée depuis une bonne heure.

Capwell mobilisa Mason qui mobilisa la police. Cruz et Peter se préparèrent comme pour une expédition au long cours et, munis de sacs de couchage, d'une mallette de soins de première urgence, de torches électriques et même d'un talkie-walkie de forte puissance, s'enfoncèrent dans la campagne sur deux chevaux de selle vigoureux.

L'examen de Rafale, une brave bête vieillissante qui n'avait jamais glorieusement porté son nom, révéla de sévères égratignures sur sa robe et une épine de taille impressionnante fichée dans un sabot. On en avait conclu qu'il avait galopé dans des fourrés épais à la végétation sauvage et rébarbative, signe distinctif des hautes collines de l'arrière-pays. Les deux garçons prirent ce chemin tandis que Kelly, dans la villa transformée en quartier général, assurait la liaison et tentait de calmer Rosa et Ruben.

Comme tous ces moyens mis en œuvre lui apparaissaient néanmoins insuffisants, qu'il n'avait aucune confiance dans une voiture de patrouille qui ne quittait jamais le goudron des routes, Channing Capwell appela l'aéroport. Il y avait bien un hélicoptère équipé d'un projecteur, mais personne pour le piloter.

Il en fallait plus pour décourager Capwell. Les pilotes d'hélicoptère, pour lui, n'étaient que de vulgaires chauffeurs de taxi qu'on pouvait appeler de jour comme de nuit. Il y en avait deux à Santa Barbara et tous deux ne vivaient que d'une poignée de clients, dont Channing Capwell, bien entendu. Le premier avait branché son répondeur téléphonique, le second lui expliqua qu'il valait mieux attendre l'aube pour effectuer les recherches, qu'il était illusoire de tenter quoi que ce soit maintenant pour une zone recouverte d'une forte végétation et que, de toute façon, il fallait une autorisation spéciale pour les vols de nuit.

L'hélicoptère ne prit l'air qu'à trois heures cinquante, mais à quatre heures dix il repérait deux cavaliers traversant une clairière, leurs chevaux conduits à la longe. C'étaient Cruz et Peter portant Santana entre eux selon la méthode des mains entrecroisées. La jeune femme se consolait en enveloppant de ses bras le cou de ses servants. Rendez-vous fut pris au bord d'une large allée forestière vers laquelle le trio se dirigeait en clopinant de fatigue comme un dernier vestige d'une armée en déroute. Une ambulance mit un point final à la cavalcade solitaire et sauvage de Santana Andrade.

Amusée et ravie d'un tel déploiement pour lui porter secours, la jeune femme se laissa douillettement installer par son sauveur en chef dans une confortable chambre de la clinique. Ne serait-ce que pour enfin dormir, la nuit passée à converser avec la lune en entendant avec effroi les inexplicables craquements du sous-bois l'ayant complètement épuisée.

Le soir même, Channing Capwell lui apportait des fleurs. Il revint le lendemain, puis le surlendemain. Au bout d'une semaine, Santana se décida à quitter la clinique. C'était déjà beaucoup pour une simple entorse.

La même nuit qui isolait implacablement les imprudentes cavalières tombait sur les faubourgs de Los Angeles. Il y eut quelque remue-ménage dans le loft. Dany essaya la méthode du tapis amélioré, c'est-à-dire plié en quatre, celle, très dangereuse, du cowboy de cinéma, c'est-à-dire la chaise sur ses deux pattes arrière s'arc-boutant au mur, et même la méthode du camping improvisé en allant bouder sur la banquette arrière de la vieille voiture de Ted. Mais la rue, comme ses ressorts, lui paraissant hostile, il en vint à fomenter une possibilité de reddition honorable. Il finit par s'en expliquer auprès de Jade qui, dormant à poings fermés, grommela quelque chose. Dany, estimant qu'il s'agissait là d'une vraie concession de la part de la jeune fille, se coula dans le lit et dans sa chaleur moelleuse. Avant de s'endormir, il pensa à la tête d'Augusta privée de sa fille chérie qui dormait à côté. Cette tête le fit rire. C'est pourquoi, peut-être, il semblait si heureux dans son sommeil.

CHAPITRE 15

Kelly n'était pas contente d'elle-même. La soirée avait été morne en compagnie de Peter, et ce n'était certes pas la faute du pauvre garçon. Elle lisait tranquillement au fond du jardin quand la Maserati rouge remonta l'allée. Peter en avait fini avec sa journée de travail et voulait l'emmener voir des amis à Santa Monica. Il l'avait appelée en début d'après-midi pour lui faire part de son projet. Elle n'avait dit ni oui ni non. Puis elle l'avait rappelé à son bureau pour lui dire que, finalement, elle préférait rester à Santa Barbara, qu'elle projetait elle-même de faire quelques courses dans State Street. Elle lui avait même, lui semblait-il, souhaité une bonne soirée. Et le voilà qui rappliquait avec un grand geste du bras et le sourire des jeunes cadres exténués mais satisfaits qui rentrent du boulot après une dure journée. C'est peut-être ce côté « home, sweet home » qui l'avait mise de mauvaise humeur. Au point qu'elle eut envie de lui dire : « Tu te trompes, chéri. Nous ne sommes pas encore mariés et le repas n'est pas prêt. »

Au demeurant, Peter était tout à fait innocent. Il avait simplement fait un détour par la villa pour s'assurer que Kelly n'avait pas changé d'idée. Il tenait à sa fiancée et avait envie de passer la soirée avec elle. Il serait fier aussi de la présenter à ses amis. Il était tout sourire en s'avançant vers elle :

– Alors, ma chérie, tu es prête? tonna-t-il joyeusement alors qu'il était à dix mètres d'elle, faisant semblant d'oublier le refus de la jeune fille de l'accompagner.

C'était nier l'évidence. Repliée en bermuda-sandales sur son fauteuil de repos, Kelly, malgré son minois ravissant, ne s'était apparemment pas fabriqué la silhouette d'une femme alléchée par une soirée mondaine. De plus, le minois ne faisait rien pour lui rendre son sourire :

– Je suis à tes ordres, Peter, répliqua-t-elle en fermant son livre.

– Hé! Qu'est-ce qui ne va pas?

– Rien du tout. Simplement, je te rappelle que je ne voulais pas venir.

– C'est vrai, dut admettre le garçon. Mais je ne voulais pas non plus que tu restes seule. Et puis ces amis sont vraiment...

Elle lui coupa la parole, sèchement :

– Ecoute. Je ne voudrais pas te faire de peine...

Sa phrase aussi resta en suspens. Mais c'était volontaire. Kelly avait pris le parti de l'accompagner et elle se levait pour ne pas avoir à en dire trop, pour se préparer aussi, comme il lui demandait. Peter n'aurait jamais dû insister. Il le fit pourtant :

– Quoi? Dis toujours.

Bon. Puisqu'il voulait savoir ce qu'elle pensait, elle allait le lui dire. Elle réintégra son fauteuil :

– Voilà, Peter. J'ai l'impression que si je veux sortir d'une pièce, il faut que tu sortes avec moi. Si j'ai envie de traverser la rue, tu vas la traverser avec moi. Je ne me sens pas très libre, tu sais. Pourquoi tu ne me mets pas une laisse autour du cou pendant que tu y es?

Peter ne comprenait pas :

– Je te donne cette impression?

– C'est vrai : à chaque fois que je vais quelque part, tu es toujours là.

– Mais, ma chérie, c'est parce que je veux veiller sur toi.

– En fait, je suis ta prisonnière...

Peter ne savait pas comment contenir cet orage. Il n'avait jamais vu Kelly dans cet état. Son cœur se mit à battre durement, bizarrement. S'il perdait Kelly, il perdait tout. Il était ambitieux, avançait comme il avait toujours rêvé de le faire, mais il était plus entreprenant que roué, incapable de lutter sur un terrain où sentiments sincères et arrière-pensées se livraient à un terrible jeu dont il ne saisissait pas toujours la vérité. Après tout, quand on est un modeste enseignant, ce n'est pas facile d'aimer la fille d'un milliardaire.

Ce fut Kelly qui vint à son secours, consciente des mots blessants que lui dictait son comportement, étonnée aussi de les voir jaillir spontanément, se détachant d'elle sans qu'elle n'y puisse rien faire. Elle fit un effort pour se montrer conciliante :

– Je sais que tu veux me montrer à quel point tu m'aimes mais, depuis quelque temps, tu en rajoutes un peu.

– Depuis quelque temps?

– Depuis que Joe est revenu à Santa Barbara. Il me semble qu'avant son arrivée ton amour était différent, que tu avais plus confiance en moi. J'ai besoin de sentir cette confiance, Peter.

– Mais j'ai confiance en toi, ma chérie. C'est de Perkins que je me méfie.

– Ne sois pas jaloux, Peter. Il n'y a aucune raison. Je t'aime très fort, je veux me marier avec toi, je veux avoir des enfants de toi. N'aie pas peur de Joe Perkins. Pour moi, il ne signifie plus rien. C'est de l'histoire ancienne.

C'était vrai, ce qu'elle avait dit à Peter dans le jardin. Elle y repensait tandis qu'elle tournait dans sa chambre, déplaçait un bibelot, consultant sa garde-robe qu'elle connaissait par cœur, hésitant à se coucher malgré l'heure tardive. La soirée n'avait pas été morose, elle avait été sinistre. Les fameux amis de Peter s'étaient révélés en fait de petits snobs dont il avait fait la connaissance très récemment au palace. Il faudrait aussi qu'elle lui dise que ce genre de relations ne tenait pas la route pour un futur Capwell. Un futur Capwell? La pensée la fit rire alors qu'elle étalait ses ceintures sur le lit. Il faudra vraiment qu'elle passe chez Mrs. Hampton : celles-ci étaient toutes démodées. Bon, il était plus exact de dire que c'était elle qui allait devenir une Flint. Et pourtant... Pourtant, elle était et se sentirait une Capwell toute sa vie.

C'était donc la vérité. Joe Perkins était de l'histoire ancienne. En rangeant ses ceintures, son regard se posa une seconde fois sur le paquet de lettres qui occupait une bonne partie de l'étagère. Ces lettres en étaient la preuve, se dit-elle. Elle n'en avait pas parlé à Joe lors de leur rencontre fortuite au haras, mais elle les avait lues. Elle ne les avait même pas brûlées, comme si, au fond, elles étaient inoffensives. C'est que ces lettres, souvent jolies parce que sincères, ne s'adressaient plus à elle. Elles avaient été écrites pour une Kelly lointaine, une Kelly d'avant-hier, une gamine. Quel âge avaient-ils donc? Lui, dix-huit ans. Elle, une quinzaine. Ils voulaient se sauver tous les deux, quitter Santa Barbara, la famille, le collège. La belle affaire! Ils n'avaient même pas l'argent du billet pour aller à San Francisco, et ils voulaient fuir au Canada!

Ça, ils s'aimaient! C'était vrai aussi. Joe bûchait comme un fou pour assurer leur survie future. Quand il paraissait avec ses yeux fatigués et ses grands silences, elle ne voyait, elle n'écoutait que lui. Elle n'avait vraiment pas besoin de mots, à cette époque, pour l'entendre. Ils rêvaient ensemble au cours d'interminables promenades. En réalité, ils étaient déjà partis.

Oui, mais voilà : Joe s'était arrêté en chemin, elle avait continué. Elle avait tout dit à la barre de ce qu'elle avait vu. Comment aurait-elle pu faire autrement? Son père, Mason, les avocats l'avaient aidée. Joe, son Joe était un meurtrier. Elle avait crié cela devant le tribunal avec une souffrance indicible. Elle voulait le dire, et ne voulait pas le dire. Elle l'avait regardé intensément. Il était resté muet. Ah! ses grands silences!

Elle comprit plus tard qu'elle avait eu raison. En tuant Channing, Joe avait tué leur amour. Il était vraiment coupable. Puis il y eut Peter. Longtemps, très longtemps après. Il était venu quand il le fallait, pour un amour qu'elle voulait adulte. Joe – elle y pensait souvent depuis qu'elle avait lu ses lettres de prison – était resté un adolescent. Pas elle. Elle se sentait enfin une femme qui aimait un homme. Et elle tenait à cet amour-là.

Décidément, il faut absolument que je fasse demain un saut chez Hardy's, conclut-elle en se déshabillant. Cette fois, elle avait vraiment envie de dormir.

Le lendemain, Pamela Hampton eut la plus belle visite qu'elle pouvait espérer. Quand la seule représentante féminine des puissants Capwell poussait la porte de son magasin, cela justifiait les longues heures d'ennui passées en compagnie de ses trois petites dindes de vendeuses. Kelly rafla, comme convenu, quelques ceintures. Puis elle se demanda avec quoi elle pourrait les porter. Le tour de la boutique lui fournit quelques réponses. Il fallut bien compléter le tout avec une adorable paire de bottines. Elle eut droit à trois échantillons de parfum.

En faisant glisser le chèque dans son tiroir-caisse, Pamela se demandait pourquoi, cette fois, Kelly Capwell n'était pas flanquée de son inséparable fiancé. Après tout, peut-être qu'il travaillait, celui-là... Au fait, comment s'appelait-il? Ah oui! Flint, comme le capitaine. Mais quel capitaine? Elle ne pouvait pas espérer une quelconque réponse de la part de Sandy ni de Woodie. Elles ne s'intéressaient qu'à Dallas ou à Travolta. Elle, au moins, lisait. Même s'il lui arrivait de s'embrouiller dans ses lectures. Capitaine Flint? Elle ne voyait pas... De rage, elle mit en marche son ventilateur.

Après avoir déposé ses achats dans le coffre de sa voiture, aidée par Rosita, Kelly s'adjugea, réflexion faite, une promenade lèche-vitrines à l'ombre des arcades de State Street. Sans se l'avouer tout à fait, elle visait aussi les glaces du snack Billy Paul, situé un peu plus haut que Hardy's, de l'autre côté de la rue. Elle était d'humeur joyeuse et ne regrettait pas trop son altercation de la veille avec Peter. Elle se sentait libérée, même si elle s'en voulait tout de même un peu de sa franchise et de sa vivacité. Si son fiancé en avait bien compris le sens, elle ne l'en aimera qu'encore mieux, pensait-elle en arpentant comme une touriste la fraîche galerie marchande ouverte sur la rue qui concentrait à elle seule l'ardeur du soleil estival.

Son projet de glace se précisait tandis qu'elle s'était arrêtée, sans trop savoir pourquoi, devant une vitrine de jouets. Les Américains adorent les jouets, c'est bien connu, et les inventent, les construisent avec un goût de la perfection tel qu'on a l'impression qu'ils les créent d'abord pour eux-mêmes avant de penser à leurs enfants. Kelly ne se sentait pas concernée par cet engouement. Elle n'était pas du genre à cultiver toute sa vie son jardin d'enfance. Elle s'y opposait même, d'une certaine manière, en militant au sein d'un groupe humanitaire qui voulait voir le monde tel qu'il était, c'est-à-dire plutôt exposé aux calamités. C'était tout bonnement les enfants qu'elle voyait au-delà des jouets. Et d'abord les siens, ceux qu'elle aurait avec Peter.

Finalement, elle pensait beaucoup au couple qu'elle formait avec lui. Ces arcades aussi la projetaient avec lui, vers lui en quelque sorte. Elle comptait bien, pour leur voyage de noces, sur un grand voyage en Europe, notamment en Italie. Elle se voyait déjà bras dessus bras dessous avec son jeune mari sous les arcades, justement, de cités que l'on disait merveilleuses. Son voyage à Rome, où elle avait accompagné le pauvre Channing, lui avait donné cette idée.

Tandis qu'elle regardait sans trop les voir les joujoux de la boutique et que la composition de la glace prenait définitivement forme dans son esprit, elle s'aperçut que venait de se superposer, sur un alignement de blondes poupées, un visage mâle à la mèche rebelle noire et toute masculine. Elle crut un instant que c'était un fantasme. C'était bien un reflet. Joe Perkins était planté derrière elle. Grave et muet. Sur ce point non plus, il n'avait pas changé. Elle était furieuse.

– Joe! Tu m'as fait peur...

– Décidément... hasarda le garçon.

– Décidément quoi? Je ne peux donc pas être tranquille une minute! Tu vas passer ton temps, toi aussi, à me suivre partout!

– Moi aussi?

– Rien, ce n'est pas important. Maintenant, tu passes ton chemin, et moi le mien. Ce ne sont plus les mêmes.

Il lui en aurait fallu beaucoup plus pour le décourager. Il avait eu la chance de tomber par hasard sur Kelly et il n'avait pas du tout l'intention de la laisser passer. Comme la jeune fille faisait mine de partir, il lui prit familièrement le bras. Ce fut moins prémédité qu'osé. Le geste, au départ, avait été mécanique, naturel. A l'arrivée, il en fut tout autrement. C'était son premier contact physique avec Kelly depuis cinq ans. Le choc fut si important que son être entier se crispa. La jeune fille fut la première à réagir, à vouloir se dégager de cette étreinte. Joe, même s'il l'avait voulu, ne l'aurait pas pu. Sa main emprisonneuse de bras était si raide qu'elle ne répondait plus à sa volonté. La suite fut très rapide :

– Tu as lu mes lettres, Kelly?

– Non, je les ai jetées. Lâche-moi, Joe.

La main se durcit encore :

– Jetées?

– Oui, jetées. Cesse immédiatement, Joe, ou j'appelle au secours.

Après, il vit la jeune fille courir le long des arcades, courir pour traverser la rue, courir entre les voitures en stationnement, se battre avec la portière de l'une d'elles, s'y engouffrer, démarrer. Sa main était restée en l'air. Elle ne lui était plus utile. Il la mit dans sa poche.

Arrivée à la villa, sa colère n'était pas retombée. Elle ne s'en sortait plus entre Peter et Joe. De toute évidence, Joe voulait rester à Santa Barbara. Elle ne voyait plus qu'une solution : accélérer son mariage avec Peter et partir le plus vite possible pour l'Europe. Elle décida d'en parler le soir même à son fiancé. Ce sera, de toute manière, l'occasion de dissiper leur brouille d'hier. Mais c'était encore un troisième larron qui l'attendait à la villa. En voyant rentrer sa voiture, Philip était venu à la rencontre de Kelly :

– Mademoiselle, M. Mason a appelé. Il voudrait que vous le rappeliez à son bureau. Il dit que c'est urgent.

Va pour l'urgence. Kelly composa le numéro du bureau du procureur :

– Mason?

– Oui, Kelly. Il faut qu'on se voie immédiatement.

– Ah bon! Cela ne peut pas attendre ce soir? Passe ce soir à la villa. J'y serai.

– Non, non. Ce soir, je serai pris.

Il avait l'air tout excité, Mason. Kelly voulait comprendre :

– Qu'est-ce qui se passe?

– Tu étais bien en ville cet après-midi?

Mon Dieu! Lui aussi la surveillait!

– J'étais en ville. Je n'ai pas le droit?

– Tu vas bien?

– Mais oui, Mason. Où veux-tu en venir?

– Un témoin a assisté à l'agression. Il m'a téléphoné il y a un quart d'heure.

L'agression? Kelly n'avait pas vu d'agression. Elle le dit à son frère.

– Tu n'as pas été agressée par Joe Perkins?

– J'ai vu Joe, mais...

– C'est donc bien cela. Tu as été agressée par Joe Perkins. Il y a un témoin. Il va donc retourner en taule. Mais il faut que tu viennes maintenant.

– Pour quoi faire?

– Porter plainte, évidemment.

Bien sûr, c'était lumineux. En cherchant bien, même, et en filant vite chez le docteur, il pourrait trouver en plus les marques rouges de Joe sur son bras. Ainsi, son problème était résolu : retour de Joe en prison. Santa Barbara pour eux seuls, Peter et elle. Comme tout était simple pour les Capwell! Elle rapprocha de son visage le combiné qui pendait au bout de son bras :

– Tu es complètement fou, Mason.

– C'est toi qui es folle. C'est l'occasion ou jamais. Qu'est-ce qu'il t'a fait?

– Mais rien du tout.

Il y eut un bref silence. Puis Mason attaqua de nouveau :

– Cela n'a pas d'importance. Alors, tu passes?

– Certainement pas.

– Réfléchis, Kelly. C'est dans l'intérêt de toute la famille. Pense à papa.

Kelly adorait son père et, d'une manière générale, elle aimait beaucoup sa famille. Mais elle ne voyait pas pourquoi elle devrait, cette fois, envoyer un homme amoureux en prison parce qu'il se conduisait comme un potache :

– Ecoute-moi bien, mon cher grand frère. Je crois que les intérêts de la famille, je m'en suis bien occupée il y a cinq ans. Toi, papa, vos avocats, vous m'y avez bien aidée, c'est vrai. Et à aucun moment, je n'ai eu l'impression de faire un faux témoignage. Mais dans le cas présent, je ne peux que te répéter que Joe Perkins ne m'a rien fait, absolument rien. Qu'il n'y a donc absolument aucune raison que je porte plainte. Au revoir, Mason.

Et elle raccrocha.

Mason, une fois de plus, s'était trompé. Kelly n'avait plus quinze ans.

CHAPITRE 16

C'EST dans un bar de pêcheurs de Stearns Wharf que Cruz retrouva Joe. Son vieux copain n'avait pas l'air en forme ni d'en être à sa première bière. Il ne savait pas que Joe buvait. A bien le regarder, hésitant au bord du comptoir devant le regard agacé du patron, il ne devait pas en avoir l'habitude. D'ailleurs, ce n'est pas en prison que l'on attrape cette maladie, croyait savoir le pompier. Il saisit Joe par le bras et le força à s'asseoir à une table, puis il commanda un café serré double à son intention. Ce qu'il avait à lui dire n'allait pas spécialement lui remonter le moral.

Depuis sa prouesse sur le site pétrolier des Capwell, Cruz s'était laissé offrir une convalescence de luxe dans la villa de son client. Ses brûlures étaient guéries et il songeait depuis quelque temps à l'avenir. Revoir Santa Barbara ne lui avait pas déplu, même si ses parents ne vivaient plus ici. Il s'était constitué un joli magot en risquant sa vie au cours de ces dernières années et il pouvait souffler un peu s'il le désirait. Les feux pouvaient attendre. D'ailleurs, ils ne lui manquaient pas trop en ce moment.

Capwell lui avait offert un poste à sa mesure – c'est ainsi que le milliardaire le définissait – dans l'une de ses entreprises. Cruz avait poliment remercié mais réservé sa réponse. C'était comme si on proposait à un bédouin de garder les vaches. Il n'en était pas encore là. En outre, la folle équipée de son copain dans les jardins de son hôte et ses confidences nocturnes ne l'encourageaient pas à entrer dans un circuit de gens aussi compliqués. Cette chambre fermée à clef, ce journal de Channing, tout ce mystère effroyablement épais autour de la mort d'un garçon de vingt ans ne lui disaient rien qui vaille. La mort, il préférait se l'imaginer à l'air libre en train de faire le héros devant les portes de l'enfer.

Pour le moment, sa seule décision était de n'en prendre aucune. Il refuserait, certes, l'offre de son protecteur, mais non pas pour continuer à sillonner le continent américain. Il allait sincèrement s'essayer à la sédentarisation. Timidement, c'est vrai, dans un premier temps. Il avait acheté un bateau et quitterait très bientôt la villa Capwell. Et un bateau, c'est fait aussi pour prendre le large.

C'est Santana Andrade qui l'aménageait alors que lui continuait de paresser. Elle était gentille, Santana, et compétente. C'était une habituée de la villa et c'est lui qui, la première fois qu'il entendit citer son nom, se présenta et se rappela à elle. Elle se souvenait, bien entendu. Ils tombèrent dans les bras l'un de l'autre. Elle avait changé. C'était bien normal depuis une bonne dizaine d'années. Mais en mieux, en beaucoup mieux. Peut-être que lui aussi avait beaucoup changé.

Sa famille s'était occupée de celle de Santana quand ils étaient arrivés directement du Mexique. Ce n'était pas facile pour des immigrants de s'installer dans une ville américaine. Depuis, les Andrade avaient été aux petits soins pour les Castillo. Et puis les Castillo étaient partis. Mais tout cela, c'étaient de vieilles histoires. Pour l'heure, il fallait s'occuper de Joe.

Le double café commençait à agir. Il en commanda un autre et lui poussa sous le nez. Il paraissait en état de l'écouter :

– Je te cherche depuis un bon moment dans tous les bistrots.

Joe esquissa un sourire. L'impression qui dominait était quand même qu'il avait surtout envie de pleurer :

– Ouais. Suis content de te voir. J'avais besoin de parler à quelqu'un.

Pour redonner ses esprits à un ivrogne, il y a deux potions magiques : café et douche froide. Cruz choisit d'appliquer la seconde sans attendre.

– Ecoute, Joe. Il faut filer d'ici. La police te recherche.

– C'est pas nouveau, fit remarquer l'ivrogne.

La remarque était censée, donc bonne la thérapie. Il fallait pourtant passer aux actes. Cruz insista :

– Cette fois, c'est nouveau. Il paraît que tu as agressé Kelly. Mason est à tes trousses.

– Agressé... agressé... Je lui ai pris le bras, c'est tout. C'est elle qui m'a agressé. Elle a jeté toutes mes lettres.

On n'en sortait pas. Joe n'avait pas l'air de se rendre compte que sa liberté était menacée. Dès que Cruz l'avait su par Santana, qui le tenait elle-même de Mason, il avait visité tous les bars de State Street, puis ceux du port. Maintenant qu'il le tenait, il n'allait pas le lâcher :

– Tu veux retourner en prison, Joe?

– Oui.

Quel enfant! pensa Cruz. Déjà autrefois, il avait remarqué que son copain souffrait d'un sentimentalisme excessif. C'étaient alors les petites bêtes, pas les grandes filles. Il avait cru que cela passerait avec l'âge. C'était pire.

Il devait s'y résoudre : Joe ne décollerait pas de sa banquette tant qu'il ne lui aurait pas parlé de Kelly. Il en prit son parti et regarda autour de lui. Trois costauds qui n'avaient pas quitté leurs grands tabliers de caoutchouc jaune discutaient calmement au bout du comptoir. « Sans doute les écaillers du restaurant voisin », se dit Cruz. Deux plaisanciers élégants occupaient l'autre bout, un jeune et un vieux. Peut-être le père et le fils... Dans la salle, trois gamines suçant des bouteilles de Coca se disputaient un magazine en faisant du bruit comme quatre. « Heureusement, observa le pompier, sinon, ce serait plutôt sinistre, ce troquet. Avec, en plus, Joe qui fait la gueule... »

Mais son copain commençait à émerger doucement :

– Je suis vraiment content de te voir.

Ça, il l'avait déjà dit. Cruz se demanda alors si Joe avait bien compris son avertissement à propos de la police et de Mason. Il n'en était pas certain.

– Kelly, grogna Joe.

Voilà : nous y sommes. Cruz termina son inventaire des lieux et encouragea du regard son ami.

– Kelly, Kelly Capwell, la merveilleuse Kelly Capwell ne veut plus me voir.

– Je suis navré, Joe.

– C'est un coup dur, tu sais. Elle ne m'aime plus. Moi, je croyais...

– Vraiment navré, mon vieux. Qu'est-ce que tu vas faire?

– Retourner en prison.

Cruz se leva. Il en avait assez entendu. Ecouter des jérémiades n'était pas dans sa nature. Joe n'était vraiment pas dans son état normal. Il décida, en le portant s'il le fallait, de lui trouver un coin dans son bateau, au moins pour cette nuit. Mais c'était trop tard, Mason venait d'entrer dans le café. Dehors, il y avait une voiture de police rangée le long du trottoir. Il souffla à Joe :

– Surtout, tu ne dis rien. Absolument rien. Laisse-moi faire.

Mason était sur lui. Il était plus grand, plus élancé

aussi. Il tentait de le contourner pour s'adresser directement à Joe. Cruz bloquait l'accès à la table.

– Laissez-moi passer, Cruz. Je viens arrêter Joe Perkins.

– Doucement, Mason.

– Que voulez-vous dire?

– Je veux dire que l'on n'arrête pas ainsi un citoyen américain.

– J'ai besoin de l'interroger.

– Convoquez-le. Et avant, trouvez une raison.

– Troubles sur la voie publique.

– C'est absurde, vous le savez bien.

Mason était furieux. Il perdait son temps, et il le savait. Cruz n'avait pas besoin de le lui rappeler. Sans Kelly, avec un vague témoignage téléphonique d'une vieille toupie de State Street, il ne pouvait pas aller bien loin. Tout juste jusqu'à l'intimidation. Et voilà que ce Cruz Castillo, le héros du moment, lui ôtait jusqu'à ce dernier plaisir. Il battit en retraite :

– Nous verrons, monsieur Castillo. A propos, mon père m'a dit que vous nous quittiez bientôt. Mon père va vous regretter.

– Moi aussi, monsieur Capwell. C'est un homme qui sait ce qu'il veut.

– Excellente observation, monsieur Castillo. Alors, adieu.

Il toisa Cruz en grimaçant un sourire, et ajouta :

– Si jamais vous avez un problème, n'hésitez pas...

Le pompier lui rendit son sourire. Sans grimaces :

– Bien entendu, Mason.

Il n'avait plus qu'à porter son copain jusqu'au bateau. Et lui donner un vrai coup de main pour son enquête.

Joe avait bien travaillé à la « Petite Catalogne ». Dehors comme dedans, le passage d'un homme adroit se remarquait. Pour les quelques dollars indispensables que lui allouait Augusta Lockridge, le jeune homme avait su se convertir en menuisier-serrurier-plombier-maçon-jardinier. Il avait même réparé le treillage des rosiers de Laken. Seule Minx contournait avec méfiance les multiples petits chantiers ouverts par Joe. Elle avait ses habitudes et la vieille dame trouvait étrange le choix de sa fille d'abriter sous son toit un repris de justice. Seul le fait qu'il y eût quelque chance qu'il soit l'assassin d'un Capwell le lui rendait tolérable.

D'ailleurs, elle passait maintenant le plus clair de ses journées au téléphone à entretenir d'interminables conversations avec une foule de gens sur les exactions de son voisin envers dame Nature, notre mère à tous. En tout cas, à l'en croire, tout particulièrement la sienne. Elle était allée jusqu'à réussir à mobiliser un professeur d'océanographie de l'Université de Los Angeles, les Frères de la Côte, une association mystico-écologique dont chaque membre devait, chaque matin, assister au lever du soleil sur le Pacifique, plus un Japonais trouvé à Santa Barbara même qui lui avait dit être un expert en cultures sous-marines. Channing Capwell n'avait qu'à bien se tenir avec son insupportable mazoutage de l'océan.

Sa campagne antipollution la dévorait tellement que Minx resta de marbre quand sa fille, lors d'un tête-à-tête dînatoire, déversa en guise de repas une avalanche de nouvelles qu'elle prétendait à sensation. Que Laken fasse une fugue, que le menuisier s'en aille, que même cet antipathique Lionel revienne, la belle affaire quand l'élément liquide, dernière chance de survie d'une humanité menacée de famine, était en cours d'intoxication par des criminels comme Channing Capwell!...

Tout n'en était pas moins vrai : Laken, Joe et Lionel. Trois fois bombardée en l'espace de quelques heures, Augusta tentait de se ressaisir. Mais à peine était-elle parvenue à cerner le problème Laken que Joe était arrivé. Et puis, maintenant, elle apprenait que son cher mari, fatigué de courir le monde, avait besoin soudain du nid familial. Il était beau, le nid! Warren qui faisait le gigolo sur les plages, Laken sans doute dans le lit du minet d'à côté, et elle plaquée tout juste par son jeune amant! Quant à Minx... Au moins, Lionel servira-t-il à payer ses notes de téléphone.

Pour Laken, la décision était prise. Demain, elle fera l'aller-retour Santa Barbara-Los Angeles avec, au retour, sa fille dans ses valises. Pour Joe, elle n'avait rien pu faire. Il était terriblement déterminé. Il avait, prétendait-il, trouvé un véritable emploi. Il regrettait. Il la remerciait.

Il la remerciait! Un instant, elle crut que le jeune homme pratiquait un humour particulièrement lugubre, qu'il avait deviné le coup de téléphone chez les Capwell. Puis elle rejeta l'idée. Non par conviction, mais parce que cela la remettait face à sa propre ignominie. Comment avait-elle pu faire cela? Pourtant, elle l'avait fait. Comme pour effacer un mauvais souvenir, chercher à se rattraper, mais c'était à son propre usage, elle s'entendit lui dire :

– Je suis aussi votre amie, Joe. Je sais maintenant que vous êtes innocent. Vous pouvez compter sur moi.

Au fond, c'était peut-être devenu vrai.

Elle était déjà sur les dents en arrivant à Los Angeles. Mais, au bout de quarante-cinq minutes de taxi, elle était au bord de la crise de nerfs. Augusta ne connaissait pas bien L.A. Personne ne connaît cette monstruosité urbaine où, pour la moindre course, il faut prendre sa voiture et parcourir, si tout va bien, de soixante à cent kilomètres. Retour compris, tout de même. En arrivant à la gare routière nord, elle avait sauté dans un taxi et dicté l'adresse des collégiens au chauffeur comme une vulgaire touriste.

Déjà, elle avait eu du mal à l'obtenir, cette adresse. Laken était évidemment partie sans la lui laisser sur la table de nuit. Les Capwell étant toujours absents pour elle, Augusta s'était rabattue sur Rosa qui lui fournit sans hésitation l'adresse de Dany, donc de Ted. Non par une antique complicité entre femmes, mais parce que Mrs. Lockridge lui avait parlé d'un professeur de Dany que Laken avait rencontré et qui, pour la rentrée, avait besoin de savoir si...

Bref, Augusta était sur la piste, et la bonne, de la fugueuse. Mais ce satané chauffeur de taxi qui depuis trois quarts d'heure, quittait une freeway pour entrer sur une autre commençait à la rendre malade. En réalité, elle soupçonnait qu'il se payait une bonne balade sur le compte de son porte-monnaie. Comment s'y retrouver dans ce dédale de routes et d'autoroutes? Mais le chauffeur était honnête et finit par la déposer au bord d'un immeuble de deux étages dont elle n'avait vu d'équivalence que dans un documentaire sur le Bronx new-yorkais à la télévision. Il lui expliqua qu'ils étaient quelque part entre Olvera Street et Little Tokyo, le quartier japonais, puis lui souhaita une bonne journée après avoir empoché quarante-trois dollars. Augusta soupira. Sa fille lui coûtait cher. Ça allait lui coûter cher...

La fille fut avertie par Dany qui, en livrée de livreur, arrivait dans Mosquito Street au moment où Augusta Lockridge tendait sa poignée de dollars au taxi baladeur. Plus jeune, donc plus rapide, mais surtout meilleur connaisseur des lieux, il fut le premier dans la place. Laken condamna sur-le-champ Ted à ne pas bouger, prit sa veste et la porte pour aller seule et bravement au-devant de l'ire maternelle. Elle réussit à stopper Augusta juste à la porte de l'immeuble. Mosquito Street était une petite rue tranquille. Jusqu'à présent :

– Ah! te voilà! dit la mère.

– Bonjour, maman, répondit la fille.

D'ici, on entendait le bourdonnement de Golden State Freeway. Une voisine sortait de chez elle. Un coup de klaxon éraillé rouspéta dans une autre rue. Un ange passait...

Augusta se chargea de l'abattre :

– Tu es la maîtresse de Ted Capwell?

– Quoi?

– Tu couches avec ce minet?

La colère est une maladie transmissible. Laken venait juste de l'attraper :

– Et toi? Tu couches toujours avec ton repris de justice?

– Tu parles comme Minx.

– Et toi comme une puritaine du XIXe siècle.

– Ta réaction me fait accroire qu'il y en a toujours au XXe.

– Maman, que dirait papa s'il savait?

– Ton père? Ah! oui, ton père... Justement, il va bientôt rentrer.

– C'est vrai, maman? Quand cela?

Laken ne savait pas trop si elle devait être contente ou pas. Son père était un personnage compliqué et lointain. Le revoir, à chaque fois, c'était aller à la rencontre d'un inconnu. C'était plutôt lassant. Mais c'était une nouvelle tout de même!

– Quand? Je ne sais pas. Il n'a pas précisé.

« Evidemment, pensa Laken. Toujours le flou artistique. »

– Ecoute-moi bien, continuait Augusta. Peut-être que Joe Perkins a été une erreur mais je suis très seule, tu sais. Peut-être aussi comprendras-tu un jour, Laken. Tu es encore très jeune. Tu n'as pourtant pas trop de raisons de te plaindre. J'ai été une bonne mère pour toi. J'ai fait ce que j'ai pu pour Warren. Je ne suis pas sûre que le reste vous regarde tellement.

Laken, évidemment, n'était pas de cet avis. Elle avait dix-sept ans, l'âge du droit de regard absolu sur ses parents :

– Si cela ne me regarde pas, Ted, cela ne te regarde pas non plus.

– Ce n'est pas pareil, tenta Augusta.

– Et pourquoi donc?

C'était trop difficile à lui expliquer. Et Augusta en avait assez de cette rue, de cette ville, de cette conversation :

– Bon. Maintenant, on rentre, Laken.

– Ted est là-haut, maman.

Augusta détrompa la jeune fille aussitôt :

– Il s'agit bien de Ted! Il n'est bien entendu pas question que je mette les pieds dans ce trou à rats qui s'écroule. J'ai dit : on rentre à la maison.

La mère abusive avait déjà oublié l'amante fautive. Le ton était redevenu autoritaire, comme au bon vieux temps où les enfants sont encore de petits enfants. La fille non moins fautive, à sa grande surprise, adopta le même ton. Ainsi, les deux femmes, sans le savoir encore, commençaient à se rencontrer :

– Certainement pas.

Effectivement, dans Mosquito Street, deux femmes se regardaient, se soupesaient. En un éclair, Augusta comprit. Ce fut sa première faille, c'est-à-dire son premier vrai grand pas vers sa fille. Elle dit, regardant autour d'elle :

– Il ne doit pas y avoir beaucoup de taxis dans ce quartier pourri. J'aurais bien dû garder le mien.

Laken aussi voulut faire un pas :

– Ne bouge pas, maman. Je vais t'en chercher un.

Quand elle revint avec le taxi, elle ajouta même :

– Je rentre demain, maman. C'est promis.

Ainsi Augusta Lockridge venait d'apprendre qu'aller à la rencontre d'un être cher, c'était parfois savoir le fuir. « Il faudra, se dit-elle, que j'en parle à Lionel. »

Le lendemain, Laken revint à Santa Barbara. Le surlendemain, Ted fit le même voyage.

CHAPITRE 17

ROSA ANDRADE n'osait plus parler à sa fille de son enfant perdu. D'ailleurs, l'attitude de Santana repoussait *a priori* toute tentative pour l'entraîner sur ce terrain où, hier encore, elle perdait pied jusqu'à l'appeler à son secours. La jeune femme, depuis sa sortie de clinique, allait et venait dans la villa Capwell. Elle ne l'avait jamais tant vue. Encombrée de grands cartons à dessin, la mine plus enjouée qu'un professionnalisme, même souriant, ne pouvait exiger, elle passait dorénavant de longs moments avec M. Channing dans son bureau. Certes, l'affaire était d'importance. Il s'agissait de donner un coup de jeune à toutes les pièces de l'immense maison et de remodeler de fond en comble l'aile gauche du bâtiment.

Rosa se disait tout de même que ce contrat mirifique avait été bien rapidement passé. Certes, son patron était homme à contrebalancer par des largesses la moindre erreur dont il se sentait responsable. Mais la chute de sa fille parce qu'elle avait emprunté l'un de ses chevaux n'était quand même pas une faute qui lui était imputable. Evidemment, il y avait le bébé. Rosa ne voyait pas plus le rapport entre ce rapt – à supposer qu'il y eût rapt, mais c'est Santana elle-même qui avait employé ce mot à son retour d'Acapulco – et cette commande. Ce serait, dans ce cas, tout à fait ridicule. Si Mr. Capwell savait réellement où et par qui était élevé l'enfant, la seule façon d'amoindrir sa monstruosité passée aurait été de le dire. Tout de suite.

Ainsi, dans ce nouveau contexte, Rosa Andrade n'avait plus l'impression d'avoir sa place. L'énergie que déployait Santana l'intimidait et l'étonnait tout à la fois. Même si elle en avait eu le courage, elle n'aurait jamais osé prendre le risque de détruire ce nouvel équilibre que sa fille paraissait vouloir reconstruire. Quant à Mr. Capwell, il était encore plus hors de sa portée depuis qu'il était devenu un gros client de sa fille. Mais, dans cette affaire, Rosa était au moins sûre d'une chose : qu'elle était grand-mère et qu'elle avait de plus en plus envie de connaître son petit-fils. Une chose, elle le savait, qu'elle finirait bien par dire à Santana.

– Elle veut que je retourne à la villa. Il y aurait des indices intéressants dans une cache. Une cache où Channing entreposait ses trésors et ses papiers confidentiels.

– Elle?

– Comment « elle »?

– Tu as dit : « “ elle ” veut que je retourne à la villa »...

– Ah oui : je l'appelle « la voix » maintenant. Je voulais dire Dominique. Il, enfin elle m'a fait passer un message. Je l'ai appelé au numéro convenu, à l'heure précise. Une cabine téléphonique, je suppose. Et voilà. Mais moi, je n'y retourne pas.

Cruz réfléchissait. C'est maintenant ou jamais que son vieux copain avait besoin de son amitié. Il ne le voyait effectivement pas repartir dans la nuit pour ce piège dont il l'avait sauvé de justesse une fois. Lui-même n'en aurait plus l'occasion. Il s'était définitivement installé avec armes et bagages sur son bateau.

Voyons... le bateau... Mais oui! Le bateau, c'était un peu Santana, qui avait tout arrangé à la perfection, et Santana, c'était la villa Capwell. C'était simple, enfin presque. Santana, là-bas, était partout chez elle. Accès à toutes les pièces, l'habitude de la voir fouiner partout. On ne devait plus guère faire attention à elle. Donc, il suffisait qu'il demande à Santana... Oui, mais Santana détestait Joe, parce qu'il avait tué Channing. Mais si la jeune femme tenait tellement à Channing, elle pourrait aussi avoir la curiosité de le connaître encore mieux, même cinq ans après. Le reste était une question de charme et de persuasion. Enfin, une Andrade n'avait rien à refuser à un Castillo : solidarité mexicaine! C'était peut-être jouable.

– C'est peut-être jouable, dit-il à haute voix.

– Quoi? questionna Joe du fond d'une superbe angoisse où il se voyait déjà ligoté par des fils électriques, Philip hurlant à ses oreilles comme mille sirènes, des chiens sautant à sa gorge, Mason brandissant deux revolvers, une armée de flics, le vieux Capwell figé sur son perron comme la statue du Commandeur et contemplant le spectacle. Tiens, il n'y a pas Kelly. Où est donc Kelly?

Du coup, il n'avait pas saisi un traître mot de ce que lui expliquait Cruz.

– Bon, je répète, dit patiemment le deuxième « inséparable ». Je fais mon affaire de la villa. Dans quelques jours, tu auras tout de Channing : ses mauvaises notes en classe, sa bouteille de gin et ses revues cochonnes.

Et il ajouta, sans conviction :

– Puisque telle est la volonté de la voix...

– Tu n'y crois pas, Cruz?

– Bah... J'essaie de t'aider, mon vieux Joe. C'est tout.

Il se leva avec effort de sa couchette et réussit à atteindre le réfrigérateur. La chaleur était accablante, aujourd'hui. Il décapsula deux bouteilles de bière et en tendit une à Joe, puis il s'effondra de nouveau :

– Vas-y mollo tout de même.

– A quel sujet?

– Avec la bière. Tu ne tiens pas vraiment le coup... A propos, que penses-tu de ta voix?

– Je ne sais pas. Elle est revêtue d'un casque blanc et d'une combinaison de motard. Noire, je crois. Nos rendez-vous d'amour se déroulent dans la plus stricte intimité. Loin du monde des vivants. Et nos rapports restent très courtois, assez distants même.

– Tu crois que c'est une femme? hasarda Cruz, que la réponse allusive de son ami intriguait.

– Je l'ai cru. Je me demande aussi s'il ne s'agit pas de mon témoin. L'introuvable. Celui qui était dans la pièce quand j'ai découvert le cadavre de Channing.

– Mais ce témoin, Joe, c'était un homme ou une femme?

C'était toute la tragédie de Joe Perkins. Au procès, sa description du témoin absent était restée incroyablement vague :

– Justement, je ne sais pas. Je l'ai dit au moment de mon procès. Je ne voyais que Channing, par terre, immobile. Il y avait quelqu'un d'autre, mais qui est passé tout de suite dans mon dos, et qui est parti.

– Et qui ne t'a rien dit?

– Si, si. Qui m'a dit : vite... l'ambulance... le téléphone... là, sur la table.

– C'est tout?

– C'est tout.

Mais ce n'était pas tout à fait tout pour Joe, maintenant. Il se leva à son tour, regarda Cruz, le hublot, puis de nouveau Cruz :

– C'était tout. Aujourd'hui, je me demande si la voix de Dominique et la voix de mon témoin... Bref, je me demande si Dominique n'est pas mon témoin.

Cruz émit un long sifflement et se redressa avec un air joyeux, oubliant à la fois la chaleur et sa paresse :

– Mais alors, tu tiens une piste. Une vraie. Ecoute : je m'occupe des cachotteries du petit génie et toi, tu files sur la piste de Dominique. Essaie de savoir au moins si c'est un homme ou une femme. Tu veux que je t'explique la différence?

Joe se mit à rire. Puis à rire de son rire. C'était la première fois qu'il riait depuis qu'il était arrivé à Santa Barbara. Cruz apprécia.

Il suscita un rendez-vous, en appelant à tout hasard le numéro que Dominique lui avait confié. Ce n'était pas une cabine téléphonique. La « voix », intriguée, lui répondit immédiatement. On ne devait pas lui téléphoner souvent. Joe venait déjà de marquer un point : le numéro qu'il détenait était donc celui du domicile de son conseiller très anonyme. On se mit d'accord pour les mêmes lieux à la même heure.

La voiture, flambant neuf, de Cruz était un peu voyante. Mais dans l'ombre, au milieu des autres, on ne remarquait pas trop ses hautes pattes et sa mine carrée de véhicule du désert. « Pendant que tu y étais, avait dit Joe à son copain, tu aurais pu la prendre rouge. Des fois qu'elle passe inaperçue comme ça... » « Il n'y en avait pas de rouge », avait répondu calmement Cruz.

Pour le moment, Joe Perkins la trouvait plutôt pratique, cette gigantesque 4 × 4. De sa haute cabine, il dominait les docks aussi bien que d'un camion. Il attendait un phare de moto. Il en vit deux qui s'écartaient au fur et à mesure qu'ils s'approchaient. Une voiture noire, genre petite sportive, rugit en s'engageant dans l'espèce de cul-de-sac que représentaient les docks, puis fit demi-tour en rouspétant de tous ses bruyants cylindres. « Des touristes paumés », pensa Joe. Il consulta sa montre. On était à dix minutes de l'heure du rendez-vous. Dominique ne devrait pas tarder.

Trois minutes plus tard, un halo lumineux lointain se présenta côté ville. Cette fois, il n'y eut pas d'effet de dissociation de phares. C'était bien la moto. Elle fit un petit tour, puis un autre et s'immobilisa, moteur coupé. Chacun, maintenant, attendait, écoutait peut-être le clapotis de l'eau à quelques mètres d'eux. Puis, du côté de la moto, on entendit un déclic, et le moelleux vrombissement du moteur. Doucement, comme avec regret, la moto s'éloignait.

Joe mit le contact. La grosse machine était paradoxalement exceptionnellement silencieuse, chuintant à peine sous son capot plat. D'un bond puissant, il atteignit le carrefour qui venait d'absorber le feu rouge de la moto, un autre bond pour un autre croisement. A la sortie ouest de Santa Barbara, Joe comprit que Dominique se dirigeait vers Arroyo Burro Beach. Allait-il – allait-elle? – vers le motel où son propre père ruminait sa rancœur? A une centaine de mètres de l'endroit, Joe arrêta son navire des sables et coupa les feux de position. La motarde – le motard? – s'engageait bien dans le chemin qui allait au motel. Il en savait beaucoup, pas suffisamment toutefois. Il fallait qu'il repère le bungalow de Dominique dans cette espèce de petit village qu'il savait entouré de haies très franchissables.

Laissant la voiture, il entreprit un large demi-cercle à travers la campagne pour arriver au motel par-derrière. La haie n'était effectivement guère dissuasive, mais agrémentée d'un haut grillage serré, lui-même – observation faite par l'œil expert du jeune homme – défendu par un système d'alarme passif. Autrement dit, cisailler l'un de ces fils entremêlés devait interrompre un champ magnétique et, du coup, déclencher quelque chose chez le gardien. La haie non dissuasive était infranchissable. Il fallait pourtant qu'il sache où était la chambre de son rendez-vous manqué.

Il entreprit donc, à tout hasard, de se glisser entre le mur d'arbustes et le grillage piégé, entamant une sorte de ronde autour du camp retranché. Il eut de la chance : la moto était arrêtée au bout d'une allée, pas loin du grillage. Joe compta et recompta. Le bungalow de Dominique était parfaitement localisé. Il saurait le retrouver.

Comment? Il y réfléchit en refaisant son cercle champêtre pour retrouver la voiture de Cruz. La solution, toute simple, lui sourit alors qu'il effectuait son demi-tour : il suffisait qu'il prenne lui-même une chambre au motel. En espérant toutefois qu'il n'y croiserait ni son père ni Dominique.

Deux jours après, par un bel après-midi, son père travaillant et la moto étant absente, il n'eut qu'à se présenter à la réception qui l'avait enregistré depuis l'avant-veille, demander sa clef – la 38, s'il vous plaît – et revenir cinq minutes plus tard, absolument navré, car il s'était trompé. Lui, c'était la 28, ou la 23. En fait, il ne savait plus. On vérifia: c'était la 23. Entre-temps, il avait pu ouvrir les valises de Dominique.

La chambre de son conseiller anonyme aurait pu être la sienne. Il y avait vraiment de quoi se méprendre une fois de plus. Même dessus-de-lit, mêmes rideaux verdâtres, mêmes meubles placés aux mêmes endroits. Le poste de télévision trônait lui aussi sur un réfrigérateur occupant le même angle de la salle de séjour-chambre à coucher dont une porte, une seule, donnait, il le savait, sur une salle de bain. Il chercha tout de suite le téléphone et fut surpris de n'en pas trouver. Lui-même n'en avait pas dans son bungalow : mais à quoi correspondait donc le numéro avec lequel il joignait Dominique? Peut-être une sorte de bureau que son correspondant occupait en ville pendant la journée? Dominique travaillait-il à Santa Barbara?

Il n'avait pas le temps de s'appesantir sur ce problème. Il fallait qu'il rende très rapidement la clef à la réception pour être crédible. Mais la pièce était d'une impersonnalité à décourager Hercule Poirot lui-même. Refaite par les femmes de chambre, aucun objet personnel n'y traînait. Sur une table de travail, le désert. Une lampe de l'hôtel, la Bible poussée dans un coin. C'était tout. Il regarda sa montre : cela faisait déjà plus d'une minute qu'il était ici. Il devait s'en aller.

Il poussa la porte de la salle de bain. Rien non plus. C'était extravagant! Restait l'armoire-penderie qui occupait toute la longueur du mur. Fermée!

Il n'eut qu'une idée : ce fut la bonne. Il ouvrit la porte du bar-réfrigérateur avec la clef qui fait partie du trousseau que chaque client laisse à la réception. Il farfouilla quelques secondes : une autre clef était masquée par un rideau de bouteilles. C'était bien celle de la penderie.

Il eut de quoi être perplexe. L'assortiment des vêtements qui couraient le long de la tringle était mixte. Il y avait des costumes d'homme comme des ensembles parfaitement féminins. Dominique n'était pas seul(e) à occuper cette chambre? Deux valises aussi étaient posées l'une à côté de l'autre sur l'étagère inférieure. Elles s'ouvrirent sans difficulté. Dans l'une, bien rangés, une multitude de flacons, de petites boîtes, des pinceaux, des houppes, une grande glace collée sur toute la surface du couvercle et protégée par une plaque de liège. Un échantillon complet de maquillage de théâtre, pensa le jeune homme. Dans l'autre, c'était le fouillis. Joe repéra immédiatement trois perruques, dont une d'homme. Il fouilla plus profondément : une couche de sous-vêtements exclusivement féminins tapissait mollement le fond de la valise. Sa main, en glissant dans le doux linge, heurta quelque chose de dur. Comme un morceau de carton. C'était une carte postale, cassée, défraîchie, aux bords écornés, qui se mêlait intimement aux soutiens-gorge et aux petites culottes. Au dos de la photographie qui était celle d'un paysage neigeux de toute beauté, Joe put lire, tracé par une grande écriture : « Love for ever. » C'était signé Lionel à Sophia. Plus bas, d'une écriture plus fine, une simple adresse : « Beacon House, Anchorage. » Le texte imprimé de la carte postale indiquait qu'il s'agissait d'une « vue typique de l'Alaska ». Le jeune homme remit tout en place.

Le lendemain matin, Joe régla sa note. Oui, merci, il avait passé un agréable séjour. Oui, c'est vrai, Santa Barbara était une ville absolument charmante.

CHAPITRE 18

JOE demanda son avis à Cruz.

Le pompier jubilait de plus en plus. Sa retraite provisoire à Santa Barbara prenait une tournure qu'il n'avait pas du tout prévue. En lui montait une jouissance nouvelle qui lui faisait oublier jusqu'à celle qui le précipitait au pied des incendies. Un plaisir moins intense quand même, mais plus sophistiqué, bien plus pervers. Bref, en aidant son copain Joe, il se découvrait une âme de détective.

S'il était convaincu de l'innocence et de la loyauté de son ami retrouvé, tout ce qu'il observait autour de cette affaire d'assassinat était aussi opaque qu'un aquarium mal entretenu. Et dans l'eau trouble, il y avait finalement pas mal de poissons. Chacun, bien sûr, avait les mains naturellement blanches, et d'autant plus immaculées que le mouton noir était désigné par tous depuis cinq années. Par tous! C'était tout de même troublant cette unanimité qui allait d'Augusta Lockridge à Channing Senior Capwell alors que ces deux-là, en principe, n'étaient d'accord sur rien. Or, si l'on prenait les poissons, ou les moutons, les uns après les autres, les raisons d'une telle vindicte n'étaient pas toujours sans équivoque.

Capwell, le père, on pouvait comprendre : Channing était son fils. Cela dit, l'acharnement à poursuivre Joe, dont il était forcément l'inspirateur, était-il en totalité à mettre au compte de la douleur paternelle? Le roi de Santa Barbara, à l'évidence, cherchait aussi à éloigner Joe de sa fille. Cette « protection » abusive – Kelly, tout de même, était une grande fille – était déjà moins claire. Et puis, pourquoi à toute force vouloir intégrer un type comme Peter Flint dont les « qualités » sociales n'étaient pas fondamentalement plus reluisantes que celles d'un Joe Perkins cinq ou six ans auparavant? Or, Capwell était alors intervenu pour briser le jeune couple d'amoureux avec autant de passion qu'il mettait à marier ce Peter à Kelly.

Peter, justement. Lui ne veut pas de Joe pour pouvoir garder Kelly. Bon, cela aussi est assez simple à comprendre. Sa seule chance de réussir quelque chose dans sa vie est ce mariage. On comprend qu'il soit très motivé et on peut le cataloguer facilement comme un petit arriviste qui a eu beaucoup de chance. Même sa traîtrise à l'égard de Kelly et de Joe, quand ceux-ci voulaient quitter Santa Barbara, fait partie du triste personnage. Ce qui n'en fait pas partie, c'est la violence. Le harpon sur le bateau, sans doute la bombe incendiaire chez les parents de Joe sont des actions de voyou. Quel rapport entre un voyou et un professeur de physique? Mystère...

Mystère encore, pensait Cruz, avec Mason. Il n'est pas brillant non plus celui-là, entretient avec son père des rapports effroyablement compliqués de soumission et de révolte en même temps. Pourtant, même influençable, il en faisait beaucoup, beaucoup trop dans cette histoire. Un procureur descendant dans un estaminet du port pour embarquer quelqu'un sans mandat ni raisons, qu'est-ce que cela signifiait? Pourquoi met-il tant d'urgence à démolir Joe?

Et Augusta Lockridge, couvant Joe après s'être répandue dans toute la ville pour dénoncer sa libération? Ni dans un sens ni dans un autre, cela n'avait de sens. A moins que Joe ne représente pour elle bien plus qu'une victime expiatoire qui doit continuer d'expier toute sa vie. Un danger, peut-être. Pour elle aussi. Pourquoi pas? Mais quel danger?

Et Santana? Même Santana commençait à avoir sa propre opacité avec sa manière de faire la fête à Capwell à chaque fois qu'elle le voyait. Cruz n'avait pas manqué de s'en rendre compte en allant voir Santana à la villa pour l'amener à collaborer avec lui. Au moins, de ce côté-là, cela ne se présentait pas trop mal...

Cruz se découvrait ainsi l'esprit retors, émoustillé par tant d'inconnues dans l'équation Joe-Channing Junior. Et voilà que la piste Dominique se révélait, elle aussi, très intéressante. Il se fit tout raconter, tout expliquer par Joe : le motel, la chambre, les valises. Il fallait absolument aller à Anchorage. Il alla prendre lui-même le billet d'avion de Joe.

Le dernier Etat américain, que tout le monde oubliait avec sa banquise et ses hivers polaires, n'avait qu'un rapport tout à fait théorique avec la Californie. Joe, en arrivant à l'aéroport d'Anchorage, avait du mal à croire qu'il était encore dans son pays. L'avion, véritable omnibus, avait fait escale à Seattle et à Juneau, la capitale de l'Alaska, avant d'atterrir à Anchorage. Près de huit heures s'étaient écoulées depuis son départ. Il faisait nuit. Il faisait presque toujours nuit. C'était la saison. De quoi devenir fou...

Joe, qui s'attendait à trouver des igloos et des Esquimaux, découvrit une petite ville bien tranquille et un hôtel qui ne l'était pas moins. Le lendemain matin, toujours dans la nuit, il se mit en quête de Beacon House.

Il savait qu'il trouverait en Beacon House une « agréable maison de repos dans le plus calme des Etats américains ». C'était du moins ce que prétendait sa publicité dans l'annuaire de l'Alaska consulté à la poste de Santa Barbara.

Quand il arriva dans la petite rue retirée qui abritait, toujours selon l'annuaire, Beacon House, une sorte d'aube commençait à rivaliser avec l'éclairage public. Pas de grillage ici, et un vantail de bois largement ouvert. Ce n'était ni le motel d'Arroyo Beach, ni la villa Capwell. Devant si peu de résistance, Joe se crut autorisé à pénétrer dans un parc abondamment fleuri et très odoriférant. Un curieux immeuble parallélépipédique et sans style occupait comme un arc de triomphe le centre du parc, des allées le rejoignant en faisceau à la manière des avenues de la place de l'Etoile à Paris. Cette disposition haussmannienne était inattendue, mais peut-être y avait-il, après tout, une raison éminemment psychiatrique.

Quelques petites lumières, au ras du sol, balisaient les allées et, dans ce demi-crépuscule, approuva Joe, cette géométrie n'était pas déplaisante. En tout cas, tout à fait simplificatrice pour des gens fatigués qui avaient le besoin urgent qu'on leur simplifie leurs vies. Son propre balisage le mena directement au cube central. Là encore, point de porte verrouillée. Il se retrouva bientôt dans une succession de couloirs dont seuls les pensionnaires et leur encadrement pouvaient savoir où ils menaient.

La première personne qu'il croisa fut une femme. Elle était jeune mais son regard fuyait. Elle essaya d'éviter Joe mais le jeune homme commençait à se lasser de son errance solitaire. Il fallait qu'il trouve quelqu'un à qui parler :

– Excusez-moi, madame, dit-il presque en chuchotant, impressionné malgré lui par l'endroit, pouvez-vous me dire où se trouve le bureau du directeur?

La jeune femme ne lui jeta pas un seul regard. Elle s'était collée à la cloison. Il l'entendit débiter comme une antienne :

– Pas de questions, monsieur, pas de questions, je ne veux plus de questions, pas de questions, monsieur, pas de questions...

Il la laissa passer. Elle quitta le mur avec vivacité et légèreté. Joe eut un instant le sentiment de voir s'envoler un papillon.

Dans un petit salon, quelqu'un était assis à une petite table, tournant et retournant des cartes sur un petit tapis vert. Cette fois, il eut droit à un long regard, mais pas un seul mot. Le seul dialogue possible de cet homme était apparemment avec ses cartes. Ses doigts étaient longs, très agiles. Les cartes lui obéissaient avec une rapidité incroyable.

Le salut entra avec une petite dame ridée qui avait fait irruption dans la pièce derrière son dos. Le batteur de cartes, dès qu'il la vit, plia promptement son tapis et sortit. La petite dame le tenait déjà par un bras, le dirigeait vers un fauteuil, l'obligea à s'asseoir, en fit autant :

– Vous êtes un nouveau, jeune homme.

Elle hésita un instant. Pas longtemps :

– Oui, oui, vous êtes nouveau. Je m'appelle Peggy, je peux vous aider.

Ce n'était pas de la sollicitude. Le ton était plutôt péremptoire. Joe ne demandait que cela.

– Merci, madame. A vrai dire, je ne suis pas un nouveau pensionnaire. Je cherche seulement le directeur.

La dame sembla tout à coup indignée, montait sur ses grands chevaux :

– Mais il n'y a pas de directeur, ici, jeune homme. Nous sommes tous libres, tous libres...

Elle marqua une pause, se concentra :

– Tous libres, vraiment, je vous assure...

– Enfin, un responsable, risqua Joe.

Son interlocutrice réfléchit encore :

– Tous mauvais, décida-t-elle.

Mais elle ajouta, dans un grand sourire ravi :

– Moi, je peux vous aider. Que voulez-vous savoir?

– Eh bien, je... je recherche quelqu'un qui a séjourné ici il y a quelques années, ou quelques mois. Je ne sais pas.

– Un homme? Une femme?

– Une femme.

Joe hésita. Que savait-il de Dominique?

– Une femme qui se déguise en homme, parfois en motard, décida-t-il de dire.

– En motard, dites-vous? Je ne vois pas. Mais j'ai connu une pensionnaire, une femme, qui se déguisait tout le temps. A la perfection même. Une théâtreuse, je suppose. Mais elle est partie.

Joe tenait Dominique.

– Et... il y a longtemps? demanda-t-il.

– Non, non. Un mois tout au plus.

– Ah... merci, madame. Vous pouvez me dire aussi si cette personne s'appelait bien Dominique?

– Dominique? Pas du tout. Elle s'appelait Sophia. Sophia quelque chose... Sloane, je crois. Oui, c'est ça. Sophia Sloane.

Joe était aux anges. Il en avait appris beaucoup. Mais il ne put même pas remercier une nouvelle fois la petite dame ridée : deux infirmières venaient d'entrer, bonnetées et musclées :

– Qui êtes-vous, monsieur? Qu'est-ce que vous faites là? demanda l'une.

Il tenta de s'expliquer :

– Je cherche le directeur.

– Il n'est pas là, trancha l'autre.

– C'était pourquoi? questionna à nouveau la première.

– Je... je voulais parler à Sophia Sloane.

– Mais enfin, qui êtes-vous? redemanda l'autre.

– Un ami.

– Ce n'est pas suffisant. Pour entrer ici, il faut un

rendez-vous. De toute façon, il n'y a pas de Sophia Slown à Beacon House, affirma la première.

– Sloane, dit Joe.

– Sloane non plus.

– Mais la dame...

– La dame s'est trompée. Sloane est un nom que n'importe qui peut emprunter. Au revoir, monsieur. Je vous raccompagne.

Revenu à son hôtel, Joe se jeta sur l'annuaire d'Anchorage. Il chercha à « Sloane », puis à « Slown ». Rien. En réfléchissant à ce qu'il allait faire, il laissa son œil errer sur les pages, feuilletant machinalement le livre. Il lui fallut un certain temps pour comprendre que son cerveau clignotait et que son œil, et même les deux, s'était arrêté de lui-même sur une ligne. Il était en train de lire sans le savoir le nom de « Lockridge ». Remettant en fonctionnement son nerf optique, il déchiffra à son tour le prénom, qui était Lionel, et termina son pianotage neuronique en rapprochant tout naturellement ce « Lionel » de cette « Sophia » qu'il avait laissés tous les deux au dos d'un paysage alaskien dans la chambre de Dominique.

Au numéro de Lionel Lockridge, il y avait un disque annonçant d'une voix solennellement administrative qu'il n'y avait plus d'abonné. Après tout, c'était normal. Augusta ne lui avait-elle pas annoncé le retour de son cher mari?

Son second appel fut pour Cruz. Lui aussi avait du sensationnel. Joe trouva un avion qui partait le lendemain pour New York. A Kennedy Airport, il n'y avait que quarante minutes d'attente pour Los Angeles.

CHAPITRE 19

– MONSIEUR le Juge, j'en fais le serment. En arrivant dans la pièce dont la double porte était entièrement ouverte, j'ai vu une femme blonde penchée sur le cadavre de mon frère. J'ai cru un instant que c'était un homme parce qu'elle portait un ensemble de couleur foncée, noir ou bleu marine. C'était une sorte de tenue d'amazone, en plus élégant. La veste et le pantalon étaient d'une coupe très stricte.

En face d'elle, Joe lui souriait sans dire un mot, parfaitement immobile. Il n'y avait pas de juge. C'était lui qu'elle appelait « monsieur le Juge ».

– Cette personne était de dos. Je ne voyais pas son visage. Et puis Joe Perkins est entré à son tour dans le salon, sans doute par la porte de droite. Il venait de la droite. Dès qu'elle l'a vu, la femme accroupie s'est sauvée. Par la droite aussi. Je l'ai entendue crier : « le téléphone... là, sur la table... » C'était une voix assez grave, monsieur le Juge. Joe Perkins était alors debout, près de mon frère. Il s'est penché, a ramassé quelque chose. J'ai alors eu très peur. J'ai dû crier. Joe s'est alors tourné vers la double porte ouverte. Il avait un revolver à la main. En me voyant, il a jeté l'arme puis il s'est sauvé à son tour.

Ce n'était plus Joe qu'elle avait en face d'elle. Ou plutôt c'était Joe habillé en juge. En souriant toujours, il dit d'une voix qui n'était pas la sienne, une voix sévère, très grave :

– Dans ces conditions, Joe Perkins est déclaré innocent. Kelly Capwell, pour faux témoignage, devra faire cinq ans de prison. Gardes, emmenez-la !

Elle s'éveilla. La maison était profondément silencieuse. Elle se leva, poussa un volet pour avoir un peu d'air, un contact aussi avec quelque chose de vivant. Les grands arbres du parc bruissaient doucement, un animal tapotait quelque part sur un tronc. Une brise fraîche remontait de la mer. Elle reprit sa respiration. Ce n'était pas la première fois qu'elle rêvait de Channing, de Joe, du procès. Mais jamais elle n'était elle-même condamnée, jamais elle n'avait accrédité ainsi les propres thèses de Joe. D'habitude, avec ce genre de cauchemar, elle revoyait Channing vivant et tirant sur Joe, ou Joe tirant sur Channing. C'était vrai, souvent elle intervertissait les deux garçons. Mais le meurtre se déroulait toujours sous ses yeux, il s'agissait toujours d'un affrontement direct et très violent entre son frère et son ancien amoureux. Elle ne prenait pas trop garde à cette confusion entre les deux et, surtout, cela ne la réveillait pas en pleine nuit comme à présent.

Elle décida d'aller à la cuisine boire quelque chose. Elle enfila une veste sur son pyjama et quitta sa chambre. De la cuisine, elle passa dans le parc. Elle s'y trouva bien et avait besoin de réfléchir.

La nuit porte conseil, surtout si elle est peuplée de grands arbres frémissants et d'un léger vent au goût de sel, comme le vaste et sage océan. Etait-ce son rêve qui l'avait si brusquement déstabilisée? Ou bien ce grand doute qui l'envahissait maintenant s'était-il insinué en elle depuis longtemps? Tous les insomniaques, tous les voyageurs de la nuit le savent : c'est dans sa noirceur que les problèmes les plus obscurs prennent un relief carré et net, bénéficient d'une sorte d'évidence que le jour, généralement, ne leur accorde pas. Certains pensent que c'est une illusion, que le pouvoir simplificateur nocturne est un mirage. Pour Kelly, en tout cas, apparaissait une vérité qu'elle n'arrivait pas à remettre en question.

Si Joe, pensait-elle, est revenu à Santa Barbara, c'était pour ses beaux yeux. En réalité, ses yeux, se dit-elle en même temps, n'étaient pas l'arme essentielle de son charme. Mais, après tout, c'était son affaire à lui. En tout cas, Joe l'aimait toujours. C'était dans les lettres de prison, dans ses propres yeux quand il la rencontrait, dans sa présence autour d'elle. C'était la première évidence. La seconde, qui prenait corps, était que, même l'aimant toujours, Joe n'était tout de même pas assez stupide – et elle savait qu'il ne l'était pas – pour croire qu'il lui serait possible d'effectuer sa reconquête avec le cadavre de Channing entre eux.

S'il était là, c'était pour elle. Uniquement. Son père, disait-on, était en froid avec lui, sa sœur était assez grande pour se débrouiller sans lui, sa mère... Sa mère, évidemment, pouvait avoir besoin de lui. Désormais, elle était seule, pas bien riche. Mais que pouvait faire Joe pour elle? La ville entière s'était refermée comme une huître à l'annonce de son retour. Il n'y avait pas de travail pour Joe à Santa Barbara. Sauf chez Augusta. Mais cela, Kelly préférait ne pas y penser. D'ailleurs, c'était fini, et Lionel Lockridge était revenu.

S'il s'accrochait ainsi à cette ville hostile, qui lui est interdite, c'est qu'elle en était la seule raison. Et, semble-t-il, le seul espoir de Joe. Or Joe – c'était la seconde évidence que lui soufflait le vent marin – ne pouvait rien espérer s'il n'avait pas aussi l'espoir de démontrer son innocence.

Son innocence... Elle se rappela son cauchemar

qui l'avait conduite dans le parc : « Dans ces conditions, Joe Perkins est déclaré innocent. » C'était son inconscient qui lui avait dicté cette déclaration, donc elle-même. Oui mais, dans le rêve, c'était aussi Joe qui la formulait. Son pouvoir de persuasion était-il aussi puissant? Etait-elle aussi sensible qu'elle le prétendait officiellement au retour de Joe? Et Peter dans tout cela?

Elle tenait à Peter. Il était beau. Il avait de la prestance. Il était très amoureux d'elle. Ils seront le plus élégant couple de la via Veneto... Ils... Elle ne savait plus. Elle regarda les grands arbres dispensateurs de vérités. Il n'y avait plus que des branches se balançant mollement. Les arbres s'étaient tus. Elle rentra se coucher.

A l'aéroport, il y avait Cruz et sa 4 × 4. Les amis se serrèrent la main et se tapèrent dans le dos. Ils étaient contents de se retrouver, comme lorsqu'ils étaient gamins après leurs mauvais coups :

– Alors?

– Alors?

Ils descendirent dans le parking sans en dire plus, chacun retenant ses propres découvertes, laissant monter le plaisir de confronter leurs points de vue, convaincus l'un comme l'autre qu'ils avaient bien avancé.

Ils attendirent que la voiture soit lancée sur l'une des freeways de Los Angeles qui leur permettrait de retrouver la route de la côte et le chemin de Santa Barbara. Ce fut Joe qui rompit le premier le silence :

– Alors?

Cruz était à la fois ravi et très ennuyé. Ce qu'il avait à annoncer à Joe était tellement incroyable qu'il ne savait pas comment le lui présenter. Lui-même n'arrivait pas à croire à sa théorie qui, pourtant, s'établissait sur des faits, de vraies preuves. Son âme naissante de détective en avait déjà pris un coup. Si le pouvoir déductif qu'il avait vu naître en lui était un atout majeur pour exercer sa nouvelle passion d'enquêteur, il avait oublié qu'il fallait aussi un cœur solide pour être policier. La boue qu'il avait entrevue sous la clinquante surface sociale des riches l'avait à demi asphyxié. C'était peut-être pour cela qu'il aimait les incendies. Du travail propre, celui-là. Et le feu lui-même était propre : il nettoyait tout.

Au point où il en était, le pompier vacant en cours de repentir vacillait devant ses découvertes, bien moins courageux que devant un puits en flammes. Tout compte fait, il n'y avait pas de solution pour présenter correctement la chose. Et il avait besoin de se l'entendre dire. A quelqu'un. Pour voir.

– Alors, voilà. Je crois que Channing Junior était un minable petit maître chanteur.

– Quoi? Channing?

Le coup avait porté. Joe avait de multiples raisons d'en vouloir à Channing. D'abord parce qu'il était mort et que cela lui avait valu un interminable séjour en cabane. Ensuite, parce qu'il les avait dénoncés, Kelly et lui, à son père et à ce grand nigaud de Mason. S'ils avaient réussi à partir à New York tous les deux, tout cela ne serait pas arrivé. Ils en auraient peut-être bavé au début, mais il y aurait gagné cinq années supplémentaires de vie. Et puis il avait toujours trouvé le jeune prodige Capwell vaniteux, égoïste, même pas très intelligent malgré ses succès. Un vrai fiston de milliardaire, celui-là! Mais de là à penser qu'il était un maître chanteur.

Son vieux copain Cruz devait dérailler. En quoi un fils à papa pouvait-il trouver un intérêt quelconque à faire chanter les gens? C'était un luxe de pauvre, cela. Il fallait avoir besoin d'argent. Il répéta :

– Un maître chanteur? Qu'est-ce que tu veux dire par là?

– Joe, tiens-toi bien. J'ai fouillé mieux que toi sa chambre. Santana a refusé catégoriquement de m'aider, mais je me suis débrouillé autrement. C'est un vrai chantier à la villa Capwell. Il y a des ouvriers partout, des gens qui apportent des meubles, d'autres qui en enlèvent. Capwell a ses occupations à l'extérieur. Rosa ne dit rien. Philip se terre dans sa cuisine. En fait, c'est Santana la vraie maîtresse de maison en ce moment. Si elle n'était pas d'accord avec moi, je pense qu'elle a quand même fermé les yeux.

– Et Kelly? ne put s'empêcher de questionner Joe.

– Kelly rêvasse. Ecoute, on parlera de Kelly tout à l'heure. Je reviens à Channing, si tu permets. Plus précisément, à sa chambre. Dominique avait parlé d'une cachette. J'ai ausculté les murs, les placards. Rien d'anormal. Et alors j'ai pensé à la méthode indienne. Tu sais, le contact direct avec le sol, la manière d'écouter la terre vous raconter un tas de choses. J'ai ôté mes chaussures, mes chaussettes. Pieds nus, j'ai tâté la moquette. Je savais, à cause des travaux, qu'il y avait du parquet sous cette moquette. Je voulais vérifier si une latte n'avait pas été disjointe. Je l'ai trouvée assez vite, dans un angle de la pièce. C'était très mou de ce côté-là. Il m'a suffi de décoller la moquette – Channing devait la recoller à chaque fois – et d'enlever la latte. Il y avait une bague sertie de diamants, beaucoup de dollars en grosses coupures et un tout petit carnet noir. J'ai pris le carnet, j'ai laissé le reste. Voilà le carnet.

Joe prit le carnet que lui tendait Cruz. Il n'en avait jamais vu d'aussi petit. Il l'ouvrit, et ne comprit pas grand-chose. Sur la première page, il y avait des initiales, « L. L », puis des chiffres. Quelques pages plus loin, c'était W. B., et d'autres chiffres. Puis il y eut C. S., W. L. et enfin M., une seule lettre. Joe rendit le carnet à Cruz :

– Et alors?

– Et alors, j'en ai conclu que c'était du chantage. Si on fait l'addition des chiffres, cela correspond au paquet de dollars que j'ai trouvé. Tu as peut-être remarqué aussi que les initiales W. L. et M. n'en comportaient aucun.

– Aucun quoi?

– Aucun chiffre. Ou bien on a refusé de céder. Ou bien, je ne sais pas... Mais te souviens-tu de ce cambriolage de la villa peu de jours avant l'assassinat de Channing?

Non, Joe ne se rappelait pas.

– Evidemment, tu as eu d'autres préoccupations depuis. On avait donc cambriolé la villa et on avait fait mention, à l'époque, d'un vol important de bijoux. Je me demande si la bague que j'ai trouvée dans la cache...

– Que veux-tu dire? Channing n'allait pas se voler soi-même...

– Oui, mais il a pu surprendre le voleur, sur le fait ou plus tard. Ou avoir encore une forte présomption. Dans ce cas, il l'aurait fait aussi chanter, avec rétribution prélevée sur le butin.

– Mais c'est absurde, s'insurgea Joe.

– Absolument. Mais on est peut-être aussi en plein dans un cas de déviance maladive, une sorte de rupture psychopathologique. Il faudrait consulter un psychiatre à ce sujet. Faire du chantage est une forme de vol, particulièrement perverse. Mais c'est du vol. Il y a bien des femmes du monde qui volent dans les grands magasins.

La 4 × 4 avait quitté l'autoroute urbaine et suivait la mer. Les « inséparables » avaient dépassé Santa Monica et s'approchaient de Malibu. Joe réfléchissait. La thèse de son ami paraissait extravagante mais, après tout, n'avait-il pas lui-même fait de la prison pour un crime qu'il n'avait pas commis? Ce n'était guère logique non plus. Dans le domaine de la criminalité, petite ou grande, toutes les bizarreries étaient possibles. Avant de consulter un psychiatre sur le cas soulevé par Cruz, il préféra consulter tout de suite son complice sur un autre aspect de l'affaire :

– Et que penses-tu des initiales?

Cruz prit son temps avant de répondre :

– Là, je suis un peu plus circonspect. Mais, tout de même, L. L., ce pourrait être...

– Lionel Lockridge, acheva Joe.

– Oui, mais je ne vois pas...

Joe l'interrompit une fois encore :

– Moi, si.

Cette fois, c'est Cruz qui devenait attentif :

– Raconte.

– Alors, écoute bien. Je te l'ai dit au téléphone : j'ai retrouvé les traces de Dominique à Anchorage. C'est bien une femme. Elle s'appelle en réalité Sophia Sloane. Sloane, ce n'est pas sûr. Ce pourrait être un pseudonyme. Mais Sophia, c'est certain. C'est le même prénom qui était sur la carte postale dans la valise de Dominique. L'autre prénom est Lionel. Or, Lionel Lockridge était lui aussi à Anchorage. Je l'ai découvert par hasard dans l'annuaire de la ville. Channing pouvait donc faire chanter Lionel Lockridge à propos de cette Sophia.

Cruz venait de traverser Malibu. Il essayait de déduire à son tour :

– Pour quel motif alors? Et qui donc est Sophia?

Joe ménageait son effet. Il laissa passer quelques secondes et quelques voitures.

– Avant, finit-il par consentir à répondre, Kelly me parlait beaucoup de sa mère. Celle-ci les avait quittés quand elle était encore jeune. Elle l'aimait beaucoup, sa mère. Son père l'avait rencontrée au théâtre, mais lui était dans la salle et elle sur scène. C'était une comédienne. Bref, je me souviens bien de son prénom. Et ce prénom, c'est Sophia.

– Bon Dieu! fit Cruz.

La voiture serrait de trop près les arbres de la route. Joe le lui fit remarquer. Cruz se ressaisit :

– Donc, d'après toi, Channing faisait chanter Lionel pour cette liaison?

– Peut-être, mais ce n'est pas certain. Je pense que Capwell était au courant. Depuis que sa femme est partie, le nom de Sophia est plus ou moins tabou à la villa. A mon avis, Augusta Lockridge aussi connaît cette liaison. Depuis son début. Et, comme par hasard, Lionel revient alors que Sophia, c'est-à-dire Dominique, est à Santa Barbara.

– Ce qui n'explique pas la présence de Sophia Capwell dans la villa le soir du meurtre.

– Bah! fit Joe. Simplement l'envie de voir le triomphe de Channing. Il y avait beaucoup de monde à cette réception. Elle a pu mettre une perruque, se constituer un nouveau visage, rembourrer sa poitrine, je ne sais pas, moi... Elle est bien capable de se fabriquer la silhouette d'un motard, elle pouvait retrouver la silhouette d'une quelconque milliardaire californienne un peu vieillissante. Elle en avait été une, d'ailleurs.

Cruz était admiratif. Le scénario de son copain s'emboîtait à la perfection dans le sien. Puisque c'était lui le policier maintenant, il l'interrogea :

– Pour les autres initiales, tu as autant d'idées?

– Non, avoua Joe.

– A mon tour, alors. C. S. et W. B., cela ne me dit rien. Mais, puisque nous sommes dans les Lockridge, W. L. ce pourrait être Warren Lockridge. Ils se connaissaient bien, si ma mémoire ne me trompe pas. Et Warren est l'idiot de la famille. Il a une tête à faire de mauvais coups. Un cambriolage, par exemple. Quant à M., j'ose à peine y penser. Si c'est la première lettre d'un patronyme, pourquoi lui – ou elle – et pas les autres, qui ont prénom et nom. J'opte donc plutôt pour l'initiale d'un prénom. S'il n'y a pas de nom, c'est que celui-ci est vraiment difficile à inscrire sur un petit carnet de maître chanteur, même s'il n'y a que la première lettre. Ou ce nom est trop proche de l'auteur du chantage. De toute façon, je trouve que ce « M. » va bien à Mason.

– C'est fou!

– Tu l'as déjà dit, fit observer Cruz.

– Et alors?

– Ça aussi, tu l'as déjà dit. Alors, mon coco, cela veut dire qu'il y a un tas de gens qui étaient en désaccord avec le petit génie. Evidemment, de là à le tuer...

– Mais... c'est bon pour moi!

– Très bon. Il faudrait aussi que ta Dominique fasse un petit effort.

La 4 × 4 tourna dans State Street. La rue commençait à s'animer.

Les histoires heureuses n'ont pas de fin. Les malheureuses non plus. Dans tous les cas, la vie continuait. Mrs. Hampton en était là de ses réflexions quand elle vit passer dans State Street une curieuse voiture haute sur roues qui descendait vers le port.

Elle avait terminé la veille un livre passionnant qui disait à peu près la même chose, en beaucoup plus long, évidemment. Maintenant, elle philosophait plus qu'à son habitude encore en aspirant goulûment l'air chaud brassé par son ventilateur. Cette voiture l'intriguait comme si elle n'était pas à sa place, comme si elle n'appartenait pas au décor. C'était comme un gros jouet dans un univers de grandes personnes. Elle chercha à se contrôler mais céda et héla Woodie qui passait à sa portée. Woodie passait ses journées à regarder dans la rue. Elle saurait bien :

– Woodie, venez une seconde. C'est quoi, la grande voiture bizarre qui vient de passer?

– C'est une 4 × 4, madame. Elle appartient à Cruz Castillo. Vous savez bien... le pompier volant.

– Ah oui. Merci, Woodie.

Mais la vendeuse avait autre chose à dire :

– Avec lui, il y avait Joe Perkins. Vous savez bien... l'assassin de Channing Capwell.

Mrs. Hampton savait. Elle avait aussi complètement oublié son existence. Il était donc encore à Santa Barbara, celui-là?

ÉPILOGUE

Joe ne réussit pas à avoir un nouveau contact avec Dominique. Le numéro de téléphone ne répondait plus et il n'osait pas aller au motel d'Arroyo Beach. Un matin, Cruz lui montra un entrefilet coincé en bas de page du journal régional entre deux publicités. La police de Santa Barbara avait découvert au creux d'un ravin de Styron Hills une moto carbonisée. On avait relevé à ses côtés un casque blanc tordu par les flammes et quelques lambeaux d'une combinaison noire de motard. L'enquête piétinait. Il n'y avait aucune trace de victime humaine dans ce qui était apparu d'abord comme un banal accident de la route. Toute personne, etc.

Joe et Cruz se regardèrent. Leurs espoirs s'effondraient. Et Joe ne pouvait même pas aller à la police. Qu'aurait-il pu dire à Mason? Qu'il avait des rendez-vous nocturnes avec sa belle-mère? Ainsi Dominique avait choisi de l'abandonner. Sophia aurait-elle eu vent de son voyage en Alaska? Mais est-ce Joe qu'elle avait fui? ou Lionel? Peut-être, après tout, était-elle restée à Santa Barbara. Mais déguisée comment?

Kelly aussi avait fui. Pas bien loin, suffisamment cependant pour prendre ses distances avec son passé de fille obéissante écoutant son papa, écoutant son grand frère, écoutant son fiancé. Sally, une vieille copine de collège puis d'université, l'hébergeait. Seul Ted avait son numéro de téléphone.

Elle aimait bien son petit frère. Sous son air hâbleur et décontracté, il avait une volonté d'acier et un cœur immense. Elle lui avait donné un bon coup de main pour régler son problème avec Laken. Un déjeuner mémorable sur la plage avec les Lockridge au complet et les Capwell au complet. Ted l'avait voulu ainsi, peu soucieux de pâtir plus tard de leur triste guerre. Il avait froidement posé ses conditions. C'était cela ou la fugue. Il ne demandait d'ailleurs pas beaucoup. Qu'on les laisse, Laken et lui, s'aimer. Les deux familles étaient figées, l'une en face de l'autre de chaque côté de la longue table rectangulaire. On aurait dit la signature d'un armistice. Ce n'était qu'une trêve. Ted avait placé Laken à un bout. Lui s'était assis à l'autre. C'est lui qui recevait. Et c'était vrai. Il paya l'addition avec les quelques dollars qu'il avait pu garder de ses courses aux pizzas. Kelly s'était placée à côté de son père. Ses regards appuyés, ses interventions lui firent comprendre qu'il ne pouvait pas détruire de nouveau un jeune couple comme il l'avait fait pour elle. On ne l'entendit guère. Les autres non plus. Ted prit cela pour une victoire.

C'est Ted qui l'appelait chez Sally. Il lui donnait des nouvelles de la famille. Son père semblait vouloir comprendre. Peter aussi. Et puis, une fois, Peter entra à l'improviste au moment où Ted lui parlait et lui arracha le téléphone. Non, lui n'avait pas l'air de comprendre. Elle lui avait pourtant dit et redit qu'elle devait être seule. Pour un moment. Le temps de bien écouter les arbres.

Sur la plage, le triangle des Bermudes s'était reformé. L'automne était doux. Au collège, on avait changé de professeurs. Dany regardait Jade. Jade pensait à Hollywood. Son père n'était toujours pas rentré à la maison. Sa mère préparait les repas. Joe venait quelquefois. Jade trouvait triste Santa Barbara. Ted et Laken étaient heureux. Ils bûchaient ensemble sur la plage. On ne pouvait même pas leur parler.

Mr. et Mrs. Lockridge vivaient de nouveau ensemble. Jusqu'à quand? Lionel parlait des hautes chaînes de l'Himalaya, du Népal et de l'Europe. Jamais de l'Alaska. D'ailleurs, personne ne parlait jamais de l'Alaska. Augusta avait réussi à convaincre ce cancre de Warren à lui avouer tout. Il plaida coupable pour le vol de bijoux à la villa Capwell. Mais cela, elle le savait déjà. Minx avait mis fin à sa campagne écologique. Par nécessité : Lionel n'avait pas payé les factures et le téléphone avait été coupé.

Santana avait terminé le dépoussiérage de la villa. Elle voyait souvent Capwell Senior. Capwell Senior voyait souvent Santana. Rosa Andrade attendait patiemment d'être une vraie grand-mère.

Lorsque Kelly se décida à sortir de chez Sally pour rejoindre, la valise à la main, ce qui était sa vie, elle buta sur Cruz. On allait arrêter Joe. On avait placé sous la selle de son vélomoteur un paquet d'héroïne. La police l'avait saisi. Joe avait réussi à s'enfuir. Il avait rendez-vous avec lui cette nuit même sur la plage. Peut-être voudrait-elle le voir. Elle dit oui.

A onze heures, elle était au rendez-vous. Cruz

l'avait guidée, puis laissée. Elle ne le sentit pas venir. « Un vrai chat », pensa-t-elle. Il fut tellement ébloui par sa présence qu'il ne vit pas Mason. Des ordres furent jetés, sur le sable zigzaguèrent les faisceaux de lampes électriques. Joe avait couru vers la mer. On ne le retrouva pas.

Deux jours plus tard, Kelly remarqua l'absence du bateau de Cruz. Elle pensa tout de suite à Kelterel Cove. Elle trouva un pêcheur pour l'y amener. Ils l'y attendaient. Elle savait maintenant écouter les arbres.

Ils étaient assis côte à côte sur la falaise rouge qui dominait la petite crique. Joe regardait intensément la mer. Kelly trouva dans une blessure de la pierre une minuscule fleur orangée. En ce temps-là, elle pouvait en faire des bouquets entiers qu'elle portait à sa mère. Un sourire très heureux arriva sur ses lèvres et glissa vers le garçon. Joe ne le vit pas. En bas, Cruz leur criait de se grouiller.

Le Livre de Poche Biblio

(Extraits du catalogue)

Guillaume APOLLINAIRE
L'Hérésiarque et Cie

Miguel Angel ASTURIAS
Le Pape vert

Adolfo BIOY CASARES
Journal de la guerre au cochon

Karen BLIXEN
Sept contes gothiques

André BRETON
Anthologie de l'humour noir

Erskine CALDWELL
Les Braves Gens du Tennessee

Italo CALVINO
Le Vicomte pourfendu

Blaise CENDRARS
Rhum

Lawrence DURRELL
Cefalù

Friedrich DÜRRENMATT
La Panne
La Visite de la vieille dame

Jean GIONO
Mort d'un personnage
Le Serpent d'étoiles

Henry JAMES
Roderick Hudson
La Coupe d'Or
Le Tour d'écrou

Ernst JÜNGER
Journal I, II, III, IV
Héliopolis
Abeilles de verre

Franz KAFKA
Journal

Yasunari KAWABATA
Les Belles Endormies
Pays de neige
La Danseuse d'Izu
Le Lac
Kyôto
Le Grondement de la montagne
Tristesse et Beauté
Le Maître ou le tournoi de go

Thomas MANN
Le Docteur Faustus

Henry MILLER
Un Diable au paradis
Le Colosse de Maroussi
Max et les phagocytes

Vladimir NABOKOV
Ada ou l'ardeur

Joyce Carol OATES
Le Pays des merveilles

Arthur SCHNITZLER
Vienne au crépuscule
Une jeunesse viennoise

IMPRIMÉ EN FRANCE PAR BRODARD ET TAUPIN
Usine de La Flèche (Sarthe).
LIBRAIRIE GÉNÉRALE FRANÇAISE - 6, rue Pierre-Sarrazin - 75006 Paris.

ISBN : 2 - 253 - 04786 - 4 30/6541/4